2023
대구광역시교육청
책쓰기 프로젝트

사춘기에게 던지는 물음표

열넷, 그해 우리는

여행자의 책

지수현 선생님

2022년 12월 31일 오후8:00

저는 22년째 중학생들을 만나고 있는 국어교사입니다. 언제나 열정적으로 아이들과 함께 해온 시간들 속에서 아이들을 바라보는 시선이나 교육철학 또한 여전히 공부와 성장을 거듭해오고 있습니다. 제가 늘 함께 하고있는 이들에 대해, 열심히 공부해야만 하는 중요한 시기 정도로 정의내렸었던 때가 있었습니다. 하지만 좀 더 가까이에서 아이들을 들여다보면서 여러 가지 이유로 아프고 쓰라린 아이들에게 공부가 사치로 느껴지기도 했고, 교육의 장면 속에서 교사로서 좀 더 힘이 될 수 있는 방법에 대한 고민들이 시작되었던 것 같습니다.

　날카로운 언어로 서로를 찌르고 생채기를 남기지 않으려 더욱 쎈 언어로 자신을 방어하고 있는 사춘기 아이들에게 공부나 진로는 반복되는 잔소리에 불과할 뿐, 자신에게조차 오롯이 집중하지 못하는 것이 서글픈 현실입니다. 하지만 아이들의 거친 언어가 상처받지 않으려는 열네 살의 처절한 외침으로 와닿으면서 상처없이 건강하고 따뜻한 10대를 지켜주고픈 간절함이 커졌습니다. '공부'란 것도 '진짜 나'를 만나는 경험과 '꿈과 진로'라는 두 요소들이 균형을 이룰 때 비로소 가능하다는 것을 깨달으며 지금은 아이들이 순간순간의 선택에서 본인의 색깔과 향기에 어울리는 그 첫걸음을 잘 내딛을 수 있도록 하는 것이 저의 교육목표가 되었습니다.

　학교에서도 아이들의 거친 언어에 대해 벌점이나 개별상담 등 많은 노력들이 이어지고 있지만 근본적인 해결책이 될 수 없기에 학폭 또한 그 수위를 더해가고 있는 것이 아닌가 생각합니다. 거친 말의 중심에는 부정적 생각이 존재하기에 긍정적 시선을 키운다면 이러한 문제들이 자연스레 해소되리라는 믿음으로 긍정 사고력 키우기에 깊은 고민의 시간들이 있었습니다. 먼저 '존중·배려·공감' 등의 가치들을 아이들의 구체적인 일상에 반영하여 미완성 문장을 작성한 후 매일 개별로 긍정문장쓰기 활동의 챌린지를 진행했습니다. 일회성이 아니라 긍정적 사고가 제대로 된 습관으로 형성되기 위해 66일이 필요하다는 연구결과를 토대로 '1·66챌린지'라고 이름하였으나 실제로는 250명이 함께 약 100일간 같이의 가치를 만들어가는 과정이었습니다. 많은 사람들은 영향력 있는 한 사람의 중대한 행동이 변화를 만든다고 생각하지만 저는 늘 모두의 한 걸음에 의미를 두며 한 명의 실천이 만들어낸 작은 변화가 전체의 변화를 이끈다는 신념을 가지고 있습니다. 실제로 2022. 07. 18. 첫발을 내디딘 한 친구의 첫 걸음이 250명의 한 걸음을 이끌고 100일간 25,000걸음이라는 기적을 만들어냈기에 그 어느 때보다 가슴이 벅찼던 것 같습니다.

또한 챌린지에 대해 '긍정적 사고와 언어 순화'뿐 아니라 '질문에 답하고 친구들의 글을 읽는 과정에서 자신에 대해 더 잘 알게됐다'는 아이들의 이야기는 저를 한번 더 용기내고 도전하게 만들었습니다. 아이들의 순수함을 지켜주고픈 마음에서 시작한 활동에서 자연스레 다양한 자신을 만나고 있는 아이들이 퍽이나 대견스러웠습니다. 아이들 스스로 '진짜 나'를 만나 자신의 다양한 모습에 진심어린 공감을 할 때 '바람에 흔들리는 것 또한 뿌리째 뽑히지 않을 수 있는 지혜임을 느낄 수 있지 않을까?'하는 마음으로 진정한 자신과의 만남 = 시 쓰기 활동을 진행했습니다. 중학생들에게 가장 핫한 '시험이나 꿈, 가족과 친구, 학교, 음식' 등을 주제로 현재뿐 아니라 과거와 미래의 자신을 만날 수 있는 시간들을 마련하였습니다. 두려움을 떨쳐내고 자신을 마주하는 것, 진솔하게 자신을 담아내는 것은 누구에게나 큰 두려움이지만 진심을 담아 시를 마주했기에 적어도 '그때 그럴 수도 있었다'는 작은 위로와 격려를 건넬 수 있었고, 자신뿐 아니라 친구의 상처를 보듬을 수 있는 온기와 넉넉함을 배울 수 있었습니다.

저 또한 처음이라 서툴렀던 부모노릇에 내 아이가 그 많은 생채기를 견디며 버티고 있는지 몰랐듯, 사춘기 중학생을 키우는 많은 부모님들 또한 비슷한 과정을 겪고 있으리라 생각합니다. 부모님들께도 온통 물음표로 가득했던 내 아이의 사춘기를 조금이나마 이해할 수 있는 시간이 되기를 소망하며 부족한 글을 마칩니다.

사춘기에게 던지는 물음표 〉

비공개 · 멤버 250

공지사항   5 〉

 팔공중학교 학생작가 12월 31일

약 100일간 250명이 함께 한 같이의 가치 실천 프로젝트

1·66 챌린지(66일간 하루 1문장 쓰기)

긍정사고 & 언어순화

#긍정 #존중 #배려 #책임 #이해 #함께 #우리 #같이

● ● ●

꿈 키우기 ∨

[1학년 1반] #1·66 #같이가치 #긍정 ▼

김강민
2022년 12월 31일 오후8:00

친구들이랑 놀 때 무엇을 먹을지 고민할 때 내가 먹고 싶다고 했던 음식을 먹기로 했는데 한 명의 친구만 내가 사소하게 말했던 그 음식을 기억해 주었다면 감동을 받을 것 같고 그 친구와 더 사이좋게 지내기 위해 노력할 것 같다.

꿈 키우기 ∨

1학년 1반 #1·66 #같이가치 #긍정

김규원
2022년 12월 31일 오후8:00

자신과 가장 친하다고 생각했던 친구가 자신을 떠났을 때 속상해하는 친구에게 한마디를 해준다면? "괜찮아? 많이 힘들지. 하지만 네가 힘들어하고 있다고 해서 너를 떠난 친구가 돌아오지 않아. 내가 너의 인생의 빛이 되어줄게."

꿈 키우기 ∨

1학년 1반 #1·66 #같이가치 #긍정

김동후
2022년 12월 31일 오후8:00

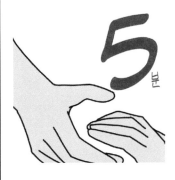

친구가 여유로운 시간임에도 불구하고 넘어져서 못 일어나는 나를 그냥 지나쳤을 때 내가 그 친구의 행동을 한마디로만 용서할 수 있다면 "넘어진 사람을 일으켜주기에는 5분도 걸리지 않아. 내가 너였다면 짧은 5분을 남을 도와주는 것에 사용할 수 있을 것 같아."

꿈 키우기 ∨

1학년 1반 #1·66 #같이가치 #긍정

김승아
2022년 12월 31일 오후8:00

내 기분이 좋지 않다는 핑계로 부모님의 말씀에 쉽게 화내기 전에 먼저 부모님의 마음을 공감해 본다면 부모님이 나를 걱정해 주는 마음을 잘 이해할 수 있고, 서로서로의 마음이나 진심을 이해하며 서로를 더 공감해 볼 수 있다. 또 이렇게 서로를 공감해 준다면 부모님과의 오해 또는 갈등이 사라지거나 줄어들 것이다.

꿈 키우기 ∨

1학년 1반 #1·66 #같이가치 #긍정 ▼

김재현
2022년 12월 31일 오후8:00

노력한 만큼 결과가 따라주지 않아 학업의 의지를 상실한 친구에게 해줄 말이 있다면 "넌 할 수 있어. 네가 지난번에 나한테 '할 수 있어'라고 말해 줄 때 나한테 정말 큰 힘이 되었어. 하지만 그때 바로 잘 되진 않았어. 하지만 너 그거 알아? 모든 광석은 바로 생기지 않아. 하지만 너도 바로 되지 않는다고 다시 포기하지 마. 끝까지 포기하지 않으면 언젠가 다시 잘 될 날이 올 거야. 나도 응원할게."라고 말해주고 싶다.

꿈 키우기 ∨

1학년 1반 #1·66 #같이가치 #긍정 ▼

도은비
2022년 12월 31일 오후8:00

하늘 볼 시간도 없이 휴대폰만 보며 걸어가는 당신에게 한 마디 해줄 수 있다면 휴대폰을 잠깐 끄고 더 넓은 세상을 바라봐. 인터넷 속 파란색 하늘 사진보다 네 머리 위에 있는 저 푸른 하늘이 훨씬 더 아름다워. 저 하늘에는 귀여운 양들도 있어. 그리고 나는 네가 일상 속 소소한 풍경들을 눈에 담을 줄 아는, 여유를 즐길 줄 아는 사람이 되었으면 좋겠어. 꼭 그렇게 바쁘게 살지 않아도 괜찮아. 학원에 조금 늦어도 뭐 어때. 늦어서 죄송하다고 하면 되는 거고, 다음부터는 안 늦으면 되는 거지. 잠시 멈춰서 쉬다가 가자.

꿈 키우기 ∨

1학년 1반 #1·66 #같이가치 #긍정 ▼

박규빈
2022년 12월 31일 오후8:00

내가 오늘 공부한 것에 비해 성적이 잘 나오지 않아 우울한 친구의 상황이 되어 듣고 싶은 말을 한번 생각해 본다면 "너 혹시 그거 알아? 다이아몬드란 보석도 바로 생기는 것이 아니라 수개월에 걸쳐서 생긴다는 거 말이야. 이번에는 성적이 잘 나오지 않았지만 시간이 지나면 지날수록 너의 성적도 보석처럼 빛날 수 있을 거야. 그러니 너무 슬퍼하지 마"라고 듣고 싶을 것이다.

꿈 키우기 ∨

1학년 1반 #1·66 #같이가치 #긍정 ▼

박지환
2022년 12월 31일 오후8:00

좋지않은 거짓된 소문으로 인해 많이 아프고 힘들어하는 친구에게 해주고 싶은 말이 있다면 소문은 훅 왔다 지나가는, 언제오는지 모르는 소나기라고, 소나기에게 져버리는게 아닌, 비가 온 뒤 더 단단해지는 흙이 되라고 말하고 싶다.

꿈 키우기 ∨

1학년 1반 #1·66 #같이가치 #긍정

박지희
2022년 12월 31일 오후8:00

내가 어머니가 열심히 해주신 밥 말고 다른 것을 먹고 싶다고 했을 때 내가 어머니의 귀로 들어본다면 어머니께서 많이 속상하실 것 같다. 그래서 나는 어머니의 마음을 이해하고 밥을 맛있게 먹을 생각이다. 그러고 나서 어머니께 진심을 담아 "어머니께서 열심히 해주신 밥을 먹기 싫다고 투정 부려서 죄송합니다."라고 사과를 할 것이다.

꿈 키우기 ∨

1학년 1반 #1·66 #같이가치 #긍정 ▼

변민혁
2022년 12월 31일 오후8:00

내가 잘못해서 나를 혼 내시는 선생님께 억울한 마음 대신 나의 부족한 점을 나무라시고 보충할 수 있는 방법과 기회를 주신다는 것에 감사하다는 마음을 가지고 많은 생각을 해본다면 수업 시간에 부족한 점을 보충할 수 있는 방법을 활용해 예전보다 수업을 잘 들을 것 같다.

꿈 키우기 ∨

`1학년 1반` #1·66　#같이가치　#긍정　　　▼

신지민
2022년 12월 31일 오후8:00

만약 나의 14살을 궁금해하는 어렸던 7살의 나를 만날 수 있고 그런 어린 나에게 해주고 싶은 말이 있다면, 공부도 미래에는 중요하고 도움이 될지라도 지금은 노는 게 더 중요하고 미래엔 내가 좋아하던 로봇 장난감들이 많이 없어지니 지금 마음껏 놀라고 말해주고 싶다.

꿈 키우기 ∨ ≡

1학년 1반 #1·66 #같이가치 #긍정 ▼

이가영
2022년 12월 31일 오후8:00

내 사과 좀 받아줘

시험기간에 시험공부로 인해 스트레스를 받고 있는 나에게 해줄 수 있는 말은? "비록 지금은 스트레스를 받겠지만 스트레스를 받아서 포기하면 시험 점수를 보고 나서 더 스트레스를 받을 거야. 원래 인생은 숲보다 쓴 거야.. 시험을 다 치고 나서 뿌듯하게 웃고 있는 너의 모습을 볼 수 있길 바랄게!! 너무 스트레스 받지 말구 시험공부 파이팅!!"

꿈 키우기 ∨

1학년 1반 #1·66 #같이가치 #긍정 ▼

이채원
2022년 12월 31일 오후8:00

꿈 키우기 ∨

첫 단추를 잘 꿰기 위해 명문 대학에 들어가 잘 살기 위해, 행복한 삶을 살기 위해 열심히 살았으나 남는 건 허탈감이라는 걸 깨닫는 순간이 온다면 내가 지금 진짜로 행복한지, 무엇을 위해 이렇게 열심히 달려왔는지 등 여러 가지 생각들이 머릿속을 스쳐 지나갈 것 같다. 하지만 나는 아직 포기하긴 이르다고 생각해. 왜냐면 난 아직 인생이란 경기의 도착 지점에 도달하지 못했기 때문이야. 그렇기에 나는 행복해 보이는 사람들을 그려본다든지 하루에 한 번씩 일기를 써본다든지 나를 잠시 쉬어가게 할 수 있는, 진짜 나를 찾아갈 수 있는 여러 가지 취미들을 찾아가 볼 거야.

표정 32 · 댓글 51

  댓글을 남겨주세요.

꿈 키우기 ∨

1학년 1반 #1·66 #같이가치 #긍정 ▼

임근욱
2022년 12월 31일 오후8:00

전학 가기 전까지 친하게 지내던 친구들에게 고마움을 표현한다면 "항상 나를 위해 친하게 지내줘서 고맙고 우리의 만남은 오늘뿐만이 아니잖아? 우리가 자주 만나지는 않겠지만 우리의 사이가 자주 만날 수 있는 산 같은 존재일거야"라고 말할 것이다.

꿈 키우기 ∨

1학년 1반 #1·66 #같이가치 #긍정 ▼

전예은
2022년 12월 31일 오후8:00

내가 존경하는 인물이 나에게 조언을 한다고 생각하고 그 인물의 가치관에 맞추어 살아가면서 나를 발전시킨다면 내가 존경하는 나이팅게일처럼 도움이 필요한 사람에게 먼저 손을 내밀 수 있는 멋진 사람이 될 것이다. 또 내가 뭐라도 하고 있다는 생각에 앞으로도 계속 열심히 살 것이다.

꿈 키우기 ∨

1학년 1반 #1·66 #같이가치 #긍정 ▼

정인영
2022년 12월 31일 오후8:00

자신과 가장 친하다고 생각했던 친구가 자신을 떠났을 때 속상해하는 친구에게 한 마디를 해준다면 "많이 슬프고 힘들겠지만 나중에 너를 진심으로 대하고 좋아해 줄 친구가 생길 거야. 나도 이런 경험이 있어서 많이 힘들지만 너에게 진심으로 대하는 친구가 올 거야!"

꿈 키우기 ∨

`1학년 1반` #1·66 #같이가치 #긍정 ▼

정준수
2022년 12월 31일 오후8:00

노력한 만큼 결과가 따라주지 않아 학업의 의지를 상실한 친구에게 해줄 말이 있다면 "꽃은 물을 주자마자 바로 피지는 않잖아. 그것처럼 네가 한 노력은 언젠가는 좋은 결과로 되돌아올 거야. 더 노력해서 꽃을 피워보자"라고 말해주고 싶다.

꿈 키우기 ∨   ☰

1학년 1반 #1·66 #같이가치 #긍정 ▼

최시영
2022년 12월 31일 오후8:00

시험기간에 시험공부로 인해 스트레스를 받고 있는 '나'에게 해줄 수 있는 말은 나무는 우리 인생이랑 똑같아! 나무는 1년에 "나뭇잎이 떨어질 때도 있고 이쁘게 활짝 필 때도 있어! 봄~가을은 활짝 피고 겨울은 나뭇잎이 떨어져. 마치 나뭇잎이 나무가 싫어져 떠나는 것처럼 나뭇잎은 나무랑 떨어지는 것을 싫어해. 하지만 나뭇잎은 내년에 더 고운 빛깔로 태어나려고 떠나 그러니 스트레스를 받고 난 후 더 좋은 일이 생길 거야."

꿈 키우기 ∨ ≡

[1학년 1반] #1·66 #같이가치 #긍정 ▼

황연정
2022년 12월 31일 오후8:00

하늘 볼 시간도 없이 휴대폰만 보며 걸어가는 당신에게 한마디 해줄 수 있다면 "휴대폰을 잠시만 갖다버리고 하늘을 보렴^^"

꿈 키우기 ∨

1학년 2반   #1·66   #같이가치   #긍정

강소이
2022년 12월 31일 오후8:00

과거에 내 행동 중 하나만 바꿀 수 있다면 나는 과거에 내가 한 행동을 바꾸지 않을 것이다. 왜냐하면 과거에 어떤 선택을 하든 현재의 내가 잘 지내고 있다는것은 과거의 나도 잘 이겨냈다는 것처럼 현재의 나도 그렇게 잘 이겨낼수 있을 것이라고 생각한다.

꿈 키우기 V   ☰

1학년 2반   #1·66   #같이가치   #긍정   ▼

구건우
2022년 12월 31일 오후8:00

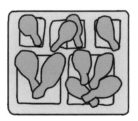

급식을 맛있게 먹으라고 말해주시는 영양
사분들께 "잘 먹겠습니다!!"라고 감사표현
을 한다면 영양사분들도 우리를 위해 365
일 식용유만 사용한 일반 후라이드 치킨이
아닌 올리브유를 사용한 뿌링클과 고추바사
삭처럼 더 값진 치킨을 만들어 주실 것이다.

꿈 키우기 ∨

1학년 2반 #1·66 #같이가치 #긍정

김경민
2022년 12월 31일 오후8:00

친구가 나를 대신하여 자리청소를 해주는 사소한 상황에서도 감사함을 느낀다면 다음부턴 내가 먼저 친구에게 다가가서 먹을 것을 사주거나 선생님이 시키신 심부름을 도와주는 등 친구가 나에게 고마움을 느낄 수있는 행동들을 해줄 것이다.

꿈 키우기 ∨

1학년 2반 #1·66 #같이가치 #긍정 ▼

김도윤
2022년 12월 31일 오후8:00

친구가 포기하고 싶을 때 내가 포기하지 말고 너의 목표를 이루라고 말한다면 친구가 내 말로 인해 자신감과 의지가 생겨서 열심히 해서 목표가 아니더라도 자신이 원하는 것. 예로 들자면 성적, 좋은 성격 등을 얻을 수 있을 것이다.

꿈 키우기 ∨

1학년 2반 #1·66 #같이가치 #긍정 ▼

김무진
2022년 12월 31일 오후8:00

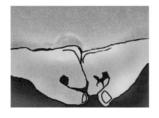

새학기 첫날 모두가 친하고 나만 대화에 끼지 못하고 있는데 한 친구가 먼저 와서 말을 걸어준다면 그친구와 함께 어울려 지내면서 오랫동안 좋은 추억들을 산처럼 쌓을것이다.

꿈 키우기 ∨

1학년 2반 #1·66 #같이가치 #긍정

박병호
2022년 12월 31일 오후8:00

집에서 게임하지 않고 주말에 친구들과 모여서 친구들이랑 놀때 무엇을 먹을지 고민하고 내가 먹고 싶다고 했던 음식을 먹기로 했는데 한 명의 친구만 내가 사소하게 말했던 그 음식을 기억해 주었다면 그 친구의 사소한 이야기를 잘 들어주고 친구에게 무슨 알레르기가 있는지 기억하는것 처럼 사소한걸 잘 기억해줄 것이다.

꿈 키우기 ∨

1학년 2반 #1·66 #같이가치 #긍정 ▼

김시윤
2022년 12월 31일 오후8:00

꿈 펼치기 ∨

하늘 볼 시간도 없이 휴대폰만 보며 걸어가는 당신에게 한 마디 해줄 수 있다면 "휴대폰에서 나오는 블루 라이트 보다 하늘에서 나는 푸른빛이 훨씬 더 아름답고, 눈(건강)에도 좋아. 너가 눈이 나빠져서 안경을 맞춰 블루 라이트를 차단하기 전에는 블루 라이트를 차단할 수 없잖아. 하늘의 푸른빛은 눈이 나빠지지도 않고, 굳이 차단할 필요도 없어. 꼭 차단해야 한다면 안경을 쓰지 않아도 충분히 차단할 수 있지. 하늘은 시간에 따라 하늘의 빛깔도 달라지고, 너가 알록달록 예쁜 무지개를 볼 만큼 운이 좋아도 휴대폰 스크린의 LED만 본다고 놓치면 아깝잖아. 그러니 다시 볼 수 있는 휴대폰 속 움직임 보다 다시 못 볼 하늘의 움직임을 봐. 휴대폰을 볼 때 피로가 쌓인다면 하늘을 볼 때 피로도 더 풀려. 그러니까 한 번이라도 휴대폰 스크린 말고 하늘을 보는 건 어떨까?"하고 말할 것 같다.

표정 32 · 댓글 51

  댓글을 남겨주세요.

14:42

꿈 키우기 ∨

`1학년 2반` #1·66 #같이가치 #긍정 ▼

박서인
2022년 12월 31일 오후8:00

오늘 하루 친구를 겉모습이나 좋지 않은 습관들을 단점들을 판단하려는 순간 친구가 내가 힘들었을 때 위로해주고 배려해주던 말을 떠올리며 친구를 바라본다면 내 자신을 반성하고 그 친구에게 고맙다는 말을 전해주고 그 친구의 단점보다 장점을 더 살펴볼 것 같다. 또, 반대로 그 친구가 힘들어할 때는 나도 친구의 마음을 위로해주고 배려해주고 옆에 있어주며 친구도 내가 가진 단점을 판단하지 않았으면 좋겠다.

꿈 키우기 ∨

1학년 2반   #1·66   #같이가치   #긍정   ▼

방수호
2022년 12월 31일 오후8:00

자신과 가장 친하다고 생각했던 친구가 자신을 떠났을 때 속상해하는 친구에게 한마디를 해준다면 "이세상 모든것들이 그렇듯 친구도 영원하지 않단다.언젠간 이별해야 하는 존재지.하지만 이 세상은 넓고, 너의 친절함을 알아주는 다른사람은 많단다. 너무 친구와의 이별의 대해 생각하지 말고 맛있는거 많이 먹고 하면, 그 친구와의 행복했던 추억을 기억할수 있을거야." 라고 말할 것이다.

14:42

꿈 키우기 ∨

1학년 2반 #1·66 #같이가치 #긍정 ▼

박채연
2022년 12월 31일 오후8:00

12월 25일 개봉
14
행복!
설렘!
꿈!

우리의 열넷 감동 이야기가
시작된다.

꿈 키우기 ∨

우리가 영화에 몰입해 화를 내거나 함께 우는 것처럼 주변사람의 감정을 느껴본다면 그 사람 입장에서 내가 하는 행동을 본다면 내가 얼마나 좋은애였는지 내가 얼마나 나쁜애였는지 자세히 알 수 있을 것 같다. 모든 사람의 마음은 같고 동일한 마음이 아니므로 내가 주변 사람의 감정을 느낄 수 있게 된다면 화, 기쁜 등 여러 가지 감정이 생길 것 같다. 한편으로 내가 주변사람이랑 사이가 안 좋았다면 그 주변 사람의 마음을 좀 더 잘 이해할 수 있어서 오해나 안 좋았던 마음이 쉽게 풀릴 것 같다.그러니 우리들도 말을 할 때 다른 상대방의 기분에서 생각해 보고 조금이라도 더 신중한 이야기를 하자!

표정 32 · 댓글 51

⊕ 🐝 댓글을 남겨주세요.

꿈 키우기 V

1학년 2반 #1·66 #같이가치 #긍정

신지호
2022년 12월 31일 오후8:00

맨날 싸우는 내 동생에게 있어 내가 동생의 입장으로 생각해 본다면 먹을 것도 뺏어가고 작은 말이라도 동생에게 시비를 털었는 언니인 나한테 화나고 가족으로서 친하게 지내기 싫을 것 같다. 그래도 동생이 많이 참아준 걸로 보아 다시 내 입장으로 돌아간다면 동생에게 먹을 것도 나누어 주고 뒤에서 다정하게 많이 챙겨 줄 것이다.

꿈 키우기 ∨

1학년 2반 #1·66 #같이가치 #긍정 ▼

이도경
2022년 12월 31일 오후8:00

내가 오늘 공부한 것에 비해 성적이 잘 나오지 않아 우울한 친구의 상황이 되어 듣고 싶은 말을 한번 생각해 본다면 "과거는 과거일뿐 지나간 일들도 다 의미가 있다고 생각해. 너가 시험을 망친 것이 원동력이 되어 지금 더 열심히 하면 돼. 끝까지 포기하지말고 너 자신을 믿어 난 항상 너를 응원하고있어."

꿈 키우기 ∨

1학년 2반　#1·66　#같이가치　#긍정

임연준
2022년 12월 31일 오후8:00

아빠와 대화하기 위해 내가 좋아하는 왜 오수재인가?를 포기하고 아빠가 좋아하는 골프 프로그램을 함께 봐 준다면 나는 떡처럼 아빠와 사이가 딱 붙어 사이가 좋아지고 나도 골프에 대해 알수 있고 골프에 대한 흥미를 가질 수 있게 될 것이다.

꿈 키우기 ∨

1학년 2반   #1·66   #같이가치   #긍정   ▼

전유담
2022년 12월 31일 오후8:00

오늘 하루, 친구를 겉모습이나 좋지 않은 습관과 단점들을 판단하려는 순간 친구가 내가 힘들었을 때 위로해 주고 배려해 주었던 말을 떠올리며 친구를 바라본다면 친구에 대해 고마운 마음이 들고 친구를 좋지 않게 본 나에 대한 반성을 할 것이다.

꿈 키우기 ∨

1학년 2반 #1·66 #같이가치 #긍정

정효은
2022년 12월 31일 오후8:00

하나하나 아파하기엔
인생이 너무 짧다

내가 힘들 때 힘이 되어 주었던 감성 글귀나 명언을 말해 본다면 '하루하루 아파하기엔 인생이 너무 짧다.'라는 명언을 말할 거다. 왜냐하면 인생은 생각보다 짧지만 해야 할 일은 너무 많다. 하지만 어느 일에 고통을 받고 계속 가만히 있으면 남은 인생이 너무 힘들 것이다. 그래서 아픈 기억은 잊고 빨리 남은 인생을 열심히 살아가라고 말할 것이다.

꿈 키우기 V

1학년 2반   #1·66   #같이가치   #긍정

조유석
2022년 12월 31일 오후8:00

첫 단추를 잘 꿰기 위해 명문 대학에 들어가 잘 살기 위해, 행복한 삶을 살기 위해 열심히 살았으나 남는 건 허탈감이라는 걸 깨닫는 순간이 온다면 난 이렇게 생각할 것이다. '거대한 벽에 막힌 것이다. 행복의 길을 달렸을 때 언젠가는 벽이 찾아온다. 그럼 어떻게 해야 하는가? 행복한 길을 달리기 위해 더 열심히 달려 이 벽을 뚫어버리면 된다. 그 이후에는 다시는 같은 벽을 만나지 않을 것이다.'

꿈 키우기 ∨

1학년 2반   #1·66   #같이가치   #긍정

최민진
2022년 12월 31일 오후8:00

자신과 가장 친하다고 생각했던 친구가 자신을 떠났을 때 속상해하는 친구에게 한 마디를 해준다면, "속상했겠다 나랑 친구하자. 속상해하지마 나랑 떡볶이먹고 스트레스풀자. 불타는 우정이였지만 너무 매워서 음료수로 달래주는것 같이 내가 음료수의 역할이 되어줄게"

꿈 키우기 ∨

`1학년 3반` #1·66   #같이가치   #긍정   ▼

강예인
2022년 12월 31일 오후8:00

만약 나의 14살을 궁금해하는 7살의 나를 만나게 된다면 다정한 나의 목소리로 나의 즐거움을 위로할 거야. 지금의 행복이 이후 미래에 고통이 되기에, 슬픔을 위로하기보단 행복을 위한 따스한 위로를 해주고파. 14살 지금 내가 그리는 미래보다는 7살의 또 다른 내가 그리는 14살의 모습은 더욱 아름다울 것이라, 눈물에 흘려 빗방울과 같이 떨어트려 나를 얹어주고 갈게.

꿈 키우기 V

 1학년 3반 #1·66 #같이가치 #긍정

권민재
2022년 12월 31일 오후8:00

아빠가 직장에서 갑자기 잘려 길바닥에 나앉게 되었을 때 내가 아빠에게 해줄 수 있는 말이 있다면 한 번 잘렸다고 해서 아버지가 가족이 힘들고 아플 때 더 노력한 행동의 가치는 없어지지 않아요. 그것처럼 새로운 노력이 더 큰 가치니까요.

꿈 키우기 ∨

[1학년 3반] #1·66 #같이가치 #긍정 ▼

김남규
2022년 12월 31일 오후8:00

맨날 싸우는 내 동생에게 있어 내가 동생의 입장으로 생각해 본다면, 나는 '왜 나만 갈궈'라고 생각할 것 같다. 그 반대로 내가 형한테 하는 행동들을 생각해본다면 엄청나게 짜증 날 것 같다. 왜냐면 내가 하는 행동들은 가관이니까 훗.

꿈 키우기 ∨

`1학년 3반` #1·66 #같이가치 #긍정 ▼

김민서
2022년 12월 31일 오후8:00

만약 나의 14살을 궁금해하는 7살의 나를 만날 수 있다면 해주고 싶은 말은, 자신을 믿고 법에 닿지 않는 선에서 하고 싶은 건 다 해보고, 내가 만약 지금 7살이라면 다른 사람에게 동정받지 않고 진짜 나의 모습대로 살아가고 싶다.

꿈 키우기 ∨

1학년 3반 #1·66 #같이가치 #긍정 ▼

김서진
2022년 12월 31일 오후8:00

엄마 계좌에서 돈을 빼서 쓰고 안 썼다고 거짓말할 때 반대로 지금과 같은 상황에서 내가 엄마가 되고 나와 같은 딸이 나에게 똑같은 행동을 한다면, '엄마는 왜 이런 일이 생긴 걸 알았는데 나한테 숨겨왔던 걸까?' 아니면 '엄마가 나를 위해서 화가 나도 참아왔던 걸까?'하고 엄마의 입장을 생각해보게 되고 엄마의 입장을 이해할 수도 있게 된다. 그리고 '나도 엄마처럼 아이를 위해 참아야 할까?' 아니면 '부모의 입장으로 정당하게 혼을 내는 게 맞을까'하고 생각을 해볼 수도 있을 것이다.

꿈 키우기 ∨

1학년 3반   #1·66   #같이가치   #긍정   ▼

김온유
2022년 12월 31일 오후8:00

첫 단추를 잘 끼우기 위해 명문 대학에 들어가 잘 살기 위해, 행복한 삶을 살기 위해 열심히 살았으나 남는 건 허탈감이라는 걸 깨닫는 순간이 온다면 모든 걸 다시 시작하고 싶은 마음이 생겨 내가 행복 할 수 있는 삶을 사는 방법을 찾아볼 것이다.

꿈 키우기 ∨

1학년 3반 #1·66 #같이가치 #긍정

도성빈
2022년 12월 31일 오후8:00

과거에 울고 있던 나를 내가 말없이 안아 준다면, 공부 그까짓 것 좀 망하면 어때, 다음에 잘하면 되는 거지 아직 널 기다리는 한 줄기의 빛이 있어 다시 앞으로 나아가 보자.

꿈 키우기 ∨

1학년 3반　#1·66　#같이가치　#긍정　▼

박예지
2022년 12월 31일 오후8:00

하늘 볼 시간도 없이 휴대폰만 보며 걸어가는 당신에게 한마디 해줄 수 있다면, "휴대폰을 보는 건 언제나 볼 수 있지만, 오늘의 하늘은 오늘 보지 않으면 볼 수 없어. 오늘의 하늘은 항상 바뀌고 있어. 이렇게 열심히 하늘이 네가 보라고 열심히 바꾸고 있는데 네가 그 하늘을 놓치면 반짝거리며 빛나는 별들이 수 놓여진 어제의 하늘같이 아름다운 하늘들을 볼 수 없을 꺼야. 그러니 어서 고개를 들고 오늘의 하늘을 보면 어떨까?"

1학년 3반 #1·66 #같이가치 #긍정

박옥근
2022년 12월 31일 오후8:00

친구와 때리며 싸우고 난 뒤 내가 먼저 사과하면 친구가 사과를 받아줄 것이다. 그리고 '가는 말이 고와야 오는 말이 곱다'라는 속담과 같이 둘이 화해하면 행복한 기억이 만들어진다.

꿈 키우기 ∨

1학년 3반 #1·66 #같이가치 #긍정 ▼

배단비
2022년 12월 31일 오후8:00

시험 기간에 시험공부로 인해 스트레스를 받고 있는 '나'에게 해줄 수 있는 말은, "미래의 내가 지금의 너를 정말 좋아할 거야"

1학년 3반 #1·66 #같이가치 #긍정 ▼

배현진
2022년 12월 31일 오후8:00

첫 단추를 잘 끼우기 위해 명문 대학에 들어가 잘 살기 위해, 행복한 삶을 살기 위해 열심히 살았으나 남는 건 허탈감이라는 걸 깨닫는 순간이 온다면, 허탈감만 남았다는 생각을 버리고 내가 지금은 무언가를 얻어야 행복해진다는 생각 또한 버린뒤 허탈감 때문에 난 마음의 구멍을 자신이 하고 싶은 것으로 채워.

꿈 키우기 ∨

1학년 3반 #1·66 #같이가치 #긍정

양소율
2022년 12월 31일 오후8:00

과거에 울고 있던 나에게 해줄 수 있는 말은, 울고 싶을 땐 울어. 지금 네 행동이 미래의 너한테 해가 되지 않을 정도로 너 하고 싶은 거 다 하고 살아. 힘내 과거의 나야. 네가 이렇게 버텨줘서 지금의 내가 존재하는 거야. 나도 네가 노력한 만큼 노력해서 미래의 내가 번창하며 살 수 있도록 노력할게. 고마워.

꿈 키우기 ∨

1학년 3반 #1·66 #같이가치 #긍정

이승하
2022년 12월 31일 오후8:00

나에게 잘 자라라고 해주신 부모님의 잔소리가 짜증이나 화를 낸 과거의 기억이 내 머릿속에 깊게 박혀 끙끙 앓다가 과거의 나에게 메시지를 보낼 수 있는 기회가 딱 한 번 온다면, 나는 이렇게 보낼 거야. '네가 한 말 한마디 덕분에 내 머리에는 생각하고 싶지 않은 기억이 있어 네가 그 말을 하게 되는 날이 온다면 너는 그때부터 나처럼 계속 끙끙 앓게 될 거야'라고.

꿈 키우기 ∨   ≡

[1학년 3반] #1·66 #같이가치 #긍정   ▼

장유정
2022년 12월 31일 오후8:00

새 학기 첫날, 모두가 친하고 나만 대화에 끼지 못하고 있는데 한 친구가 먼저 와서 말을 걸어 준다면 내 마음에 비가 오고 있을 때 그 친구가 나에게 우산이 되어준 것처럼 나도 용기를 내서 다른 친구들에게 먼저 말을 걸어 친해질 것이다.

1학년 3반 #1·66 #같이가치 #긍정

조하람
2022년 12월 31일 오후8:00

오늘 하루 친구를 겉모습이나 좋지 않은 습관들을 단점들을 판단하려는 순간 친구가 내가 힘들었을 때 위로해줘 배려해주던 말을 떠올리며 친구를 바라본다면, 단점은 생각하지 않고 그 친구의 장점만 바라볼 것이다.

14:42

꿈 키우기 ∨

1학년 3반   #1·66   #같이가치   #긍정   ▼

 이시유
2022년 12월 31일 오후8:00

꿈 키우기 ∨

하늘 볼 시간도 없이 휴대폰만 보며 걸어가는 당신에게 한마디 해줄 수 있다면, "너의 눈은 작은 화면을 통하지 않은 세상을 좋아할 거야. 너의 귀는 스피커에서 나오지 않은 소리를 좋아할 거야. 너의 손은 딱딱한 휴대폰이 아닌 다양한 것들을 만지고 싶어 할 거야. 뇌는 굳이 말해야 하니? 하늘을 올려다봐 봐. 어때, 넓은 하늘을 보면 마음이 편해지지 않니? 몽글몽글한 구름을 보며는 마치 구름이 나를 안아 주기라도 한 것처럼 포근해지지 않니? 아침의 하늘은 기지개를 켜며 눈을 뜨게 하고, 노을이 지는 하늘은 너무 아름다워 오늘의 우울함을 잊게 만들어. 휴대폰 보는 대신 다시는 돌아오지 않는 이런 예쁜 풍경을 너의 눈 속에 담아 놓는 건 어때?"

표정 32 · 댓글 51

  댓글을 남겨주세요.

꿈 키우기 ∨

1학년 3반 #1·66 #같이가치 #긍정

최지호
2022년 12월 31일 오후8:00

아빠가 직장에서 갑자기 잘려 길바닥에 나앉게 되었을 때 내가 아빠에게 해줄 수 있는 말이 있다면 "지금까지 열심히 일하셨잖아요. 지금은 그냥 휴가라고 생각하고 쉬세요. 쉬고 난 다음 다시 직장에 다니면 돼요."

꿈 키우기 ∨

1학년 3반　#1·66　#같이가치　#긍정　　　▼

홍지호
2022년 12월 31일 오후8:00

노력한 만큼 결과가 따라주지 않아 학업의 의지를 상실한 친구에게 해줄 말이 있다면, "괜찮아. 지금처럼 노력하면 언젠간 너의 모습이 저 별 보다 빛날 거야."

꿈 키우기 V

1학년 3반 #1·66 #같이가치 #긍정 ▼

황신혜
2022년 12월 31일 오후8:00

과거에 울고 있던 나를 내가 말없이 안아 준다면, 내가 성적이 크게 떨어져 낙심하고 있던 때에 좋은 성적을 받은 성실한 미래의 나에게 응원받았던 것처럼 던져지는 돌에도 방해받지 않고 흐르는 물줄기가 되어 다른 사람의 손길이 없어도 위로받을 수 있을 것이다.

1학년 4반　#1·66　#같이가치　#긍정　▼

권해인
2022년 12월 31일 오후8:00

To. 나
오늘도 행복한 하루가 될거야.
내가 하는 모든 것들이 즐겁게
다가올 수 있길.

지금 내가 하는 말이 죽기 전 마지막 말이 된다면? 인생에서 한 번 있을까 말까 하는 큰 행운보다 날마다 일어나는 소소한 편안함과 즐거움에서 나오는 행복이 더 크다고 말해주고 싶다. 내가 많이 의지하던 친구였지만 그 친구의 상처가 되었던 행동으로 인해 매일 밤 울어서 우는 것보다 웃는 게 더 힘들어서 도망치고 싶었던 적이 있었다. 그렇지만 그 또한 죽는 지금, 이 순간에 생각해 보면 그 일로 인해 나의 내면이 좀 더 강해졌고 내가 도망치고 싶을 때 내 손을 잡아주고 내 곁에 있어 줄 수 있는 사람이 생겼다고 생각한다.

꿈 키우기 ∨

1학년 4반 #1·66 #같이가치 #긍정 ▼

금승민
2022년 12월 31일 오후8:00

내가 엄마한테 했던 막말을 미래의 내 아들/딸이 똑같이 나에게 말한다면? 내가 한 아이의 부모가 되어보진 않았지만, 지금 동생에게 그런 말을 들어도 화가 나고, 동생을 한번 손보주고 싶은데, 엄마는 내가 했던 막말을 이때까지 참은 것이 정말 대단하다고 생각했다. 그리고 어릴 때 내가 같은 행동을 한 것에 대한 벌이라고 생각하고 아들/딸이 그런 말을 하는 이유가 있을 거로 생각하고, 왜 그런지 이유를 물어보고 싶을 것 같다.

꿈 키우기 ∨

1학년 4반 #1·66 #같이가치 #긍정 ▼

김동혁
2022년 12월 31일 오후8:00

내가 열심히 공부해도 시험 성적이 좋게 나오지 않아서 부모님께서 위로해주신다면? 다음 시험이거나 마지막 시험이든 모든 시험에 최선을 다해 노력하여 부모님이 나에게 위로 대신 칭찬을 할 수 있게 시험 준비를 할 것이다.

꿈 키우기 ∨

1학년 4반 #1·66 #같이가치 #긍정

김수정
2022년 12월 31일 오후8:00

열심히 공부해 시험이 끝난 딸/아들에게 "수고했다." 등의 힘이 될 수 있다는 말을 해준다면 딸/아들이 그 말을 듣고 힘든 것들을 떨쳐내고 더 힘을 얻을 수 있다. 그리고 다음 시험을 더 열심히 준비할 수 있을 것이고, 열심히 공부해 힘들었던 딸/아들이 수고했다는 말을 듣고 감동을 받을 수 있다. 내가 만약 "수고했다"를 부모님께 들었다면 부모님께 정말 감사하고 고마울 것이다. 왜냐하면 그동안 시험을 준비하면서 힘들고 어려웠던 것이 위로되기 때문이다.

꿈 키우기 ∨

1학년 4반 #1·66 #같이가치 #긍정

김인경
2022년 12월 31일 오후8:00

숙제를 안 해 학원에 남아 2시간 수업을 더 하고 돌아왔을 때 맛있는 밥을 차려주신 부모님께 잘 먹겠다고 말한다면 부모님께 감사한 마음이 들 것이고, 너무 죄송스러운 마음이 더 크게 들 것이다. 또한 앞으로는 숙제를 제대로 하고, 숙제도 안 해서 그런 건데 맛있는 밥을 차려주시는 부모님께 앞으로 남은 시간 동안 많이 못 해 드린 안마도 해드리고 설거지도 도와드리고, 청소해 드리기, 빨래해 드리기, 공부를 집중해서 하기 등등을 해서 부모님의 자랑거리가 되려고 노력을 할 것이다.

꿈 키우기 ∨

1학년 4반 #1·66 #같이가치 #긍정

박건우
2022년 12월 31일 오후8:00

꿈 키우기 ∨

내가 존경하는 인물이 나에게 조언을 한다고 생각하고 그 인물의 가치관에 맞추어 살아가면서 나를 발전시킨다면? 내가 생각하기에 자신의 롤모델의 가치관에 맞추어 살아간다면 진정으로 자신을 발전시킬 수 없다고 생각한다. 그 롤모델과 비교해 롤모델에게 없는 자신만의 특징을 계속 발전시키는 것, 그것이 세상에 하나밖에 없는 소중한 사람이 되는 과정이라고 생각한다. 무조건 따라 한다면 특별한 사람이 아닌 대중적인 사람이지 않은가? 나도 전에는 롤모델을 따라 하려 노력한 적이 있다. 하지만 사람들과 대화할 수 있는 사회성이 줄어들었고 친구들과 이야기할 때도 정말 조심하며 눈치를 심하게 보는 버릇이 생겨서 결국, 대답을 너무 느리게 하는 지경에 이르렀다. 나는 이제부터라도 나의 개성을 늘려 인생을 지금보다 조금 더 부드럽게, 흘러가는 대로 살아보고 싶다. 인생은 역시 흉내 내기만 해선 살아갈 수 없을 것 같다. 이 글을 읽는 사람들도 생각해보자. 자신이 인생을 얼마나 딱딱하게 살았는가…. 한 번쯤은 흐르는 물처럼 자신의 마음이 가는 대로 살아본 적이 있는가…?

⊕ 🙈 댓글을 남겨주세요.

꿈 키우기 ∨

1학년 4반 #1·66 #같이가치 #긍정 ▼

박인수
2022년 12월 31일 오후8:00

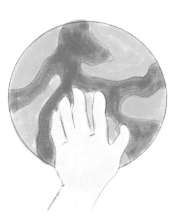

꿈 키우기 ∨

하늘 볼 시간도 없이 휴대폰만 보며 걸어가는 당신에게 한마디 해줄 수 있다면? "하늘에 떠 있는 저 때 묻지 않은 구름을 봐. 정말 자유로워 보이지? 저 구름처럼. 너도 자유롭고 걱정 없는 삶을 살아가면 좋겠어. 작은 휴대폰 안의 세계에 갇혀 살아가기보다는 광대하고 드넓은 하늘의 친구가 되는 거야. 소사슬이라는 학원과 숙제에 묶여 있는 너의 꿈의 날개를 활짝 펼쳐서 더 멀리 더 높게 날아가 보는 거야. 어렸을 때도 친구들이 놀자고 하면 숙제나 공부 때문에 친구들과 마음껏 놀지 못했지. 물론 그 부탁을 거절한 게 자랑스럽기도 하지만 한편으로는 놀지 않은 게 후회가 되기도 했어. 그러니 지금이라도 저 하늘의 구름처럼 자유롭게 살아봐. 나중에 후회되지 않게 말이야."

표정 32 · 댓글 51

  댓글을 남겨주세요.

꿈 키우기 ∨

1학년 4반 #1·66 #같이가치 #긍정 ▼

박지호
2022년 12월 31일 오후8:00

꿈 키우기 ∨

8살의 발표도 못 하고 자주 울었던 나에게 응원과 위로의 한마디를 해 준다면 "발표를 못 한다고 생각해 시선을 듣는 사람이 아닌 땅을 보고 있는 것, 몸을 가만히 있지 못하고 몸을 비틀거나 손을 막 만지는 것, 계속 말을 더듬거리는 것, 틀릴까 봐 작게 말하는 등의 행동 때문에 내가 너무 못한다고 느껴질 때가 많지? 괜찮아, 이렇게 느끼고 우는 게 나를 한 걸음 더 발전시키는 시작점이거나 걸어가게 하는 계단일 수도 있어, 그리고 틀려도 괜찮아, 모든 사람이 다 잘하고 있는 것은 아니야, 실수도 할 수 있고 틀릴 수도 있어, 그리고 내가 실수로 틀리게 말해서 그걸 갖고 놀리는 사람들의 가치관이 잘못된 거지 너가 잘 못된 게 아니야"라고 말할 것이다.

표정 32 · 댓글 51

  댓글을 남겨주세요.

1학년 4반 #1·66 #같이가치 #긍정

백주현
2022년 12월 31일 오후8:00

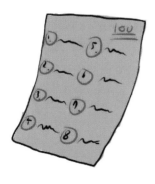

시험으로 수고한 우리에게 해주고 싶은 말이 있다면? "얘들아 수고했어 시험 하나 망쳐도 괜찮아 우리에겐 많은 기회가 있어. 시험의 결과가 안 좋더라도 자신이 만족하고 발전하고 있다면 후회는 없을 꺼야. 과거는 이미 지나갔고 지금, 현재의 나에게 몰두해봐. 그럼, 언젠가는 성공해서 웃는 날이 오지 않을까."

꿈 키우기 ∨

1학년 4반 #1·66 #같이가치 #긍정

송유이
2022년 12월 31일 오후8:00

내가 잘못해서 나를 혼 내시는 선생님께 억울한 마음 대신 나의 부족한 점을 나무라시고 보충할 수 있는 방법과 기회를 주신다는 것에 감사하다는 마음을 가지고 많은 생각을 해본다면 막상 선생님이 나에게 혼을 내신다면 그 상황에선 억울한 마음이 아닌 감사하다는 마음을 가진다는 것이 쉽진 않을 것이다. 하지만 나중에 선생님이 하신 말씀과 그에 대한 나의 행동을 다시 되돌아보며 깨닫고 그 점에 대해 고치도록 노력을 하면 더 나은 나를 만들 수 있을 것이다.

꿈 키우기 ∨

1학년 4반 #1·66 #같이가치 #긍정

엄주아
2022년 12월 31일 오후8:00

하늘 볼 시간도 없이 휴대폰만 보며 걸어가는 당신에게 한마디 해줄 수 있다면 "거기 친구 혹시 그 작은 화면 때문에 아래만 보지 말고 고개를 한 번 들어봐. 어제는 눈이 펑펑 내렸는데 지금은 무지개가 떠 있을까 아니면 구름 한 점 없을까? 지금 하늘을 봐봐. 어떤 모습이야?"

꿈 키우기 ∨

1학년 4반 #1·66 #같이가치 #긍정

우효준
2022년 12월 31일 오후8:00

수행평가를 열심히 했는데 점수는 따라오지 못한 친구에게 한마디 한다면? 전에 나도 수행평가를 정말 열심히 준비하고 노력했는데 점수가 잘 안 나와서 너무 속상해서 스트레스를 풀려고 집에 가서 코리아라는 영화를 하나 봤어 근데 그 영화에서 이런 말이 나왔어 "여기까지라는 말은 없어 지금부터야!" 그 말을 듣고 난 후에 내가 줄넘기대회를 나갔는데 원하는 성적을 내지 못해서 여기까지만 할까? 생각하면서 있는데 이 말이 생각나는 거야 그래서 나도 지금부터 다시 마음을 가다듬고 연습을 다시 하기 시작했어 그래서 한 번 더 대회를 나가서 기적처럼 좋은 성적을 받았어.

꿈 키우기 ∨

1학년 4반 #1·66 #같이가치 #긍정

이은우
2022년 12월 31일 오후8:00

나 자신을 한번 관찰해 본다면? 이때까지 살아가면서 내가 잘했던 장점보다는 내가 하루 24시간 중에 숙제를 하려고 생각이나 계획을 세워도 폰으로 영상을 본다거나 친구와 통화를 하면서 숙제를 거의 항상 밀렸었던 행동을 생각하면서 내가 했던 후회되는 행동을 다시 한번 생각해 보고 그 단점을 고치려고 지금 나의 입장에서 숙제를 미루는 행동을 바꾸려고 숙제를 당일에 다 하도록 폰 제한시간을 정하던지 숙제를 하는 시간에는 폰을 옆에 나두지 않는 등등 여러가지 방법으로 노력해볼 것이다.

꿈 키우기 ∨

1학년 4반 #1·66 #같이가치 #긍정

정유정
2022년 12월 31일 오후8:00

8살의 발표도 못 하고 자주 울었던 나에게 응원과 위로의 한마디를 해준다면 "8살인데 아직 발표를 못 하면 어떻게 연습을 더 열심히 해야 해 하지만 내가 널 믿지 않는 건 아니야. 비록 지금은 발표를 못 해서 자주 울더라도 넌 아직 8살이고, 언젠가 더 많은 사람 앞에서도 떨지 않고 얘기할 수 있을 때가 올 거야 슬픔을 참지 말고 가끔은 울어도 돼 14살인 지금의 나도 아직 나를 모르는데 7살인 네가 그런 건 너무 당연한 거겠지? 눈물이 흐를 때가 있지 그래도 그 눈물이 지금, 나라는 식물이 자라는 데 물이 되고, 햇빛이 될 거야! 가보자고"

꿈 키우기 ∨

1학년 4반 #1·66 #같이가치 #긍정 ▼

이지운
2022년 12월 31일 오후8:00

꿈 키우기 ∨

내가 잘못해서 나를 혼 내시는 선생님께 억울한 마음 대신 나의 부족한 점을 나무라시고 보충할 수 있는 방법과 기회를 주신다는 것에 감사하다는 마음을 가지고 많은 생각을 해본다면 내가 가지고 있던 선생님의 훈계에 대한 원망이 없어지고 내가 무엇을 위해 더 노력해야 하는지 알게 되어 내가 더 바른길을 갈 수 있을 것이고 선생님을 더욱 더 존경하게 될 것이다. 또한 나의 단점을 보충하는 과정 즉, 체력을 기르거나 공부를 더 열심히 하는 등의 과정 중에 자기 개발을 하게 되어 단지 선생님에게 훈계를 받아보는 경험을 하는 것도 내 미래의 꿈을 위해 한걸음 더 나아가는 계기가 될 것이다.

표정 32 · 댓글 51

  댓글을 남겨주세요.

꿈 키우기 ∨

1학년 4반 #1·66 #같이가치 #긍정 ▼

최은진
2022년 12월 31일 오후8:00

꿈 키우기 ∨

8살의 발표도 못 하고 자주 울었던 나에게 응원과 위로의 한마디를 해 준다면 "지금 와도 발표는 참 어렵더라. 아직도 사람들 앞에 서는 게 힘든 것 같아. 그런데 발표를 마치고 나면 상쾌한 거 있지. 비바람이 한바탕 지나간 뒤에 오는 무지개처럼 말이야. 우는 건 어쩔 수 없는 것 같아. 지금의 나도 슬프고 외로울 땐 우는 아직 어린 14살이니까. 그래도 괜찮아. 운다는 건 나의 감정을 표현할 줄 안다는 거잖아. 울고 싶은 걸 억지로 참으려 하지 마. 마음속에 꾹꾹 눌러 담다 보면 언젠간 터질 거야. 이 세상에 울지 않으면서 크는 사람은 없고, 억지로 어른이 되려 하지 않아도 돼. 시간은 흐르고 있으니 내일은 발표를 더욱 용기 있게 하는, 눈물을 좀 더 참아 볼 수 있는 성숙한 8살이 되어 있을 거야."

표정 32 · 댓글 51

 댓글을 남겨주세요.

꿈 키우기 ∨

1학년 4반 #1·66 #같이가치 #긍정

황선빈
2022년 12월 31일 오후8:00

열심히 공부해 시험이 끝난 딸/아들에게 "수고했다." 등의 힘이 될 수 있다는 말을 해준다면? 나의 단점을 줄이려는 모습을 실천하며 부모님께 노력하여 꼭 좋은 모습과 시험 점수를 조금씩, 조금씩 올리며 높이 올라가는 모습을 보여줄 것이다.

꿈 키우기 ∨   ☰

1학년 5반 #1·66 #같이가치 #긍정   ▼

구나은
2022년 12월 31일 오후8:00

과거에 내 행동 중 하나만 바꿀 수 있다면, 5학년 때 나보다 주목을 받고 춤을 잘 추는 친구가 있으면 질투하고 친구를 이간질하고 뒷담화를 했었다. 정말 어렵지만, 그때 나의 행동 때문에 상처받고 친구를 잃었을 친구에게 꼭 사과하고 싶다. 정말 미안했다고, 그때 너무 어리석었고, 나의 잘못된 행동은 고쳤다고 꼭 너를 만나면 이 말을 해주고 싶었다고. 넌 진짜 재밌고 좋은 친구였어. 뒷담으로 인해 우린 서로에게 상처를 줬지만, 너에게 내 잘못을 용서받고 싶어.

꿈 키우기 ∨

1학년 5반　#1·66　#같이가치　#긍정

권성민
2022년 12월 31일 오후8:00

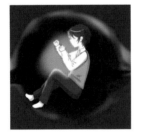

전학 간 학교가 공부를 너무 잘하는 곳이라서 걱정되는 친구에게 해줄 말이 있다면, 내가 도와줄까? 내 꿈은 블랙홀 안에 있지만 블랙홀에서 끄집어 내서 찾자.

꿈 키우기 V

1학년 5반 #1·66 #같이가치 #긍정 ▼

김동건
2022년 12월 31일 오후8:00

시험을 잘 보지 못했는데 부모님께서 나를 혼내지 않고 이해해 주시고 위로해 주실 때 위로해 주셔서 감사의 말을 전한다면 너무 감사합니다. 앞으로 저의 공부 안 하는 행동도 고칠 것이고, 저를 이해해 주셔서 감사합니다. 다음부터는 그래도 시험을 잘 칠게요. 공부도 열심히 하도록 노력하겠습니다.

꿈 키우기 ∨

1학년 5반　#1·66　#같이가치　#긍정　　▼

김민서
2022년 12월 31일 오후8:00

하루만이라도 나에 대한 모든 걱정과 아픔을 버리고 내가 썩 괜찮은 사람이라고 생각한다면, 그 하루 동안만이라도 나의 스트레스가 쌓이지 않고, '나는 왜 이렇지', '나는 할 수 있는 게 없어'라는 말들을 생각하지 않아서 더 즐거워진다. 또 나의 단점을 다른 시선으로 보며 단점이라고 생각하지 않고 오히려 장점이라고 생각하면 내가 더 밝아질 수 있을 것이다.

꿈 키우기 ∨

1학년 5반 #1·66 #같이가치 #긍정 ▼

김시후
2022년 12월 31일 오후8:00

과거에 내 행동 중 하나만 바꿀 수 있다면, 과거 비트코인이 처음 나온 2009년 10월 5일로 돌아가 내 1주일 용돈 5천 원을 3주 동안 모아서 그 돈으로 비트코인을 왕창 사서 부자가 돼서 공부하지 않고 편하게 살 것이다.

꿈 키우기 ∨

1학년 5반 #1·66 #같이가치 #긍정

박건우
2022년 12월 31일 오후8:00

오랫동안 다닌 학교에서 전학 가는 지금
가장 친한 친구에게 듣고 싶은 한마디가
있다면, "거기 피시방 라면 맛있냐? 나중
에 같이 가자 사줘"이다.

꿈 키우기 ∨

`1학년 5반` #1·66 #같이가치 #긍정 ▼

박은서
2022년 12월 31일 오후8:00

하늘 볼 시간도 없이 휴대폰만 보며 걸어가는 당신에게 한 마디 해줄 수 있다면, "오늘 편의점 갔다가 학원 째고 놀래, 아니면 꼰대 선생님 앞에서 계속 수업만 듣고 있을래?"라고 하고 싶다.

꿈 키우기 ∨

`1학년 5반` #1·66 #같이가치 #긍정 ▼

배인서
2022년 12월 31일 오후8:00

친구와의 약속에 늦었을 때 "왜 이렇게 늦게 와서 기다리게 했냐"라는 말 말고 "늦어도 괜찮으니까 재밌게 놀자"라고 한다면, 처음부터 짜증이 아닌 날 배려해 주는 말이 정말 고마울 것 같고, 그 친구가 늦었을 때 나도 그런 말을 해줄 것이다.

꿈 키우기 ∨

1학년 5반 #1·66 #같이가치 #긍정

백재민
2022년 12월 31일 오후8:00

나에게 잘 자라라고 해주신 부모님의 잔소리가 짜증 나 화를 낸 과거의 나에게 메시지를 보낸다면, "잔소리 때문에 화내지 마. 너가 잘 자라라고 하는 부모님의 말을 듣고 네가 정말 잘 자라면 너도 좋고 부모님도 좋을 거야."

꿈 키우기 ∨

1학년 5반 #1·66 #같이가치 #긍정

박지민
2022년 12월 31일 오후8:00

꿈 키우기 ∨

전학 가기 전까지 친하게 지내던 친구들에게 고마움을 표현한다면, "나랑 찜질방도 가고 같이 음식도 만들고 그리고 같이 수영장도 갔던 거 기억나? 이런 재밌고 행복한 추억 만들어줘서 고마워. 전학 간 학교에서도 너 생각하면서 지낼게. 너랑 같이 가던 장소들과 함께 먹었던 음식들도 많이 그리울 거야. 헤어짐은 또 다른 만남이라는 말이 있잖아? 이별을 해서 슬프지만 그 뒤에는 또 다른 설렘이 있어. 너는 사람을 편하고 즐겁게 만들어 주고 보기만 해도 행복하게 해주는 애니까 나 말고 더 좋은 친구를 많이 만들 수 있을 거야. 너를 만나고 헤어지는 애들이 더 행복할 수 있길 바라. 가서도 연락 자주 할게! 보고 싶을 거야 사랑해~!"라고 말할 것이다.

표정 32 · 댓글 51

⊕   🔖 댓글을 남겨주세요.   🔒 ☺

꿈 키우기 ∨

1학년 5반 #1·66 #같이가치 #긍정 ▼

양하은
2022년 12월 31일 오후8:00

만약 나의 14살을 궁금해하는 7살의 나를 만날 수 있다면 해주고 싶은 말은, 새콤달콤 파인애플맛을 꼭 먹어보라고 할 것이다. 왜냐하면 새콤달콤의 수많은 맛 중에서 미래의 너는 이걸 먹어보고 싶어 할 테니까 말이다.

꿈 키우기 ∨

1학년 5반 #1·66 #같이가치 #긍정 ▼

이승현
2022년 12월 31일 오후8:00

새 학기 첫날 모두가 친하고 나만 대화에 끼지 못하고 있는데 한 친구가 먼저 와서 말을 걸어준다면, 한 줄기의 빛처럼 따뜻하고 밝아지고 그 친구와 친해질 것이다. 그리고 나도 나처럼 대화에 끼지 못하는 친구들에게 한 줄기의 빛이 되어 줄 것이다.

꿈 키우기 ∨

1학년 5반 #1·66 #같이가치 #긍정 ▼

이은서
2022년 12월 31일 오후8:00

노력한 만큼 결과가 따라주지 않아 학업의 의지를 상실한 친구에게 해줄 말이 있다면. 항상 결과가 좋지만은 않아 좋은 일이 있으면 좋지 않은 일도 있는 법이지. 하지만 너에게 10번의 성공을 할 수 있는 기회가 있는데 그 1번의 실패 때문에 너의 10번의 성공의 기회와 노력을 잃지 마! 그리고 노력했다는 그 자체만으로도 너는 해내고 말 거야. 인내는 쓰나 열매는 달다는 말이 있잖아? 너의 노력도 언젠간 꼭 빛날 거야. 그러니깐 너무 실망하지 말고 앞으로도 열심히 해!

꿈 키우기 V

1학년 5반 #1·66 #같이가치 #긍정

전수빈
2022년 12월 31일 오후8:00

열심히 공부해 시험이 끝난 딸/아들에게 '수고했다.' 등의 힘이 될 수 있다는 말을 해 준다면, "이번에 시험 점수가 마음에 들지 않게 나왔더라도 괜찮아. 네가 이번 시험에서 100만큼 노력했으면 된 거야. 100만큼 노력했는데도 점수가 생각한 것만큼 나오지 않으면 다음에는 150만큼 노력하면 되는 거야."라고 다독여주고 싶다.

꿈 키우기 ∨

1학년 5반 #1·66 #같이가치 #긍정

주다은
2022년 12월 31일 오후8:00

만약 나의 14살을 궁금해하는 7살의 나를 만날 수 있다면, 머리를 쓰다듬어 주며 "나는 가끔 중요한 자료를 날리기도 하면서 실수도 하고 가끔 매일 똑같은 수업에 지치기도 해. 하지만 나는 누구보다 수업을 열심히 듣고 내가 한 실수에 책임을 지고 다시 돌려놓고, 가끔 지쳐도 멈추지 않고 계속 앞으로 나아가려고 끊임없이 노력하는 사람이 되어있어. 그러니까 걱정 말고 지금처럼만 지내줘~!"라고 말할 것이다.

꿈 키우기 ∨

1학년 5반 #1·66 #같이가치 #긍정 ▼

최지훈
2022년 12월 31일 오후8:00

엄마가 내 방에 들어와 "방이 이게 뭐냐.
청소 좀 해"라고 할 때 엄마가 옛날에 해
준 "00아 넌 엄마가 정말 리스펙트 한다"
라고 했던 것을 떠올려 본다면, 방바닥에
빛이 나고 방안에 있는 물건 모두를 깨끗한
걸 넘어서 물건이 닳도록 닦을 것이다.

꿈 키우기 ∨

1학년 5반   #1·66   #같이가치   #긍정   ▼

정은찬
2022년 12월 31일 오후8:00

꿈 키우기 ∨

좋지 않은 거짓된 소문으로 인해 많이 아프고 힘들어하는 친구에게 해주고 싶은 말이 있다면, "친구야. 소문 따위에 신경 쓰지 말고 남이 너를 어떻게 평가하든 너는 그냥 너야. 감당하기 힘든 시련은 너를 강하게 만들어. 힘든 상황일수록 주위에 좋은 사람들을 두는 것이 중요한데, 좋은 사람을 만나는 가장 좋은 방법은 내가 좋은 사람이 되는 거야. 이럴 때일수록 자기 자신을 다시 돌아보고 생산적인 일을 하며 이겨내봐. 과거를 후회하느라 시간을 보내지 마, 너한테 주어진 현재마저도 잃어버려서는 안돼. 그리고 어차피 불안할 거라면 인생 한 번뿐이니, 하고 싶은 거 하면서 살아~"

표정 32 · 댓글 51

  댓글을 남겨주세요.

꿈 키우기 ∨

1학년 5반 #1·66 #같이가치 #긍정 ▼

홍지훈
2022년 12월 31일 오후8:00

주변 사람의 기분을 좋게 만드는 나의 필살기가 있다면, 나의 필살기는 특정 대상에게 구를 던져서 사람들을 긍정적으로 만드는 것이다. 긍정적으로 변하고 싶지 않은 사람들이 있을 수도 있다면, 나는 긍정적으로 변하고 싶지 않은 사람을 억지로 긍정적이게 만들고 싶지가 않다. 만약 긍정적이게 되고 싶은 사람이라면 눈사태 발생하듯 발사하여서 누구에게 심장에 못을 박는 피해를 받지 않게 만들 것이고, 천사처럼 배려하는 긍정적인 마음을 넣어줄 것이다.

꿈 키우기 ∨

`1학년 6반` #1·66 #같이가치 #긍정 ▼

강영서
2022년 12월 31일 오후8:00

내가 오늘 공부한 것에 비해 성적이 잘 나오지 않아, 우울한 친구의 상황이 되어 듣고 싶은 말을 한번 생각해 본다면, "많이 노력했는데 노력한 만큼 결과가 나오지 않아서 속상하지? 열심히 노력하고 공부하느라 수고 많았어. 아직 기회는 많으니까 좌절하지 말자!"

꿈 키우기 V

1학년 6반 #1·66 #같이가치 #긍정 ▼

김미주
2022년 12월 31일 오후8:00

노력한 만큼 결과가 따라주지 않아 학업의 의지를 상실한 친구에게 해줄 말이 있다면, "지금은 많이 힘들 수도 있지만 계속 의지를 가지고 노력한다면 그 노력에 따른 결과가 따라올 거야."

꿈 키우기 ∨

1학년 6반　#1·66　#같이가치　#긍정　　　▼

김민찬
2022년 12월 31일 오후8:00

노력한 만큼 결과가 따라주지 않아 학업의 의지를 상실한 친구에게 해줄 말이 있다면, "노력한 만큼 결과가 안 나왔을 때 너는 짜증 나고 다 포기 하고 싶겠지. 하지만 아무도 성공만 한 사람은 없어. 물론 나도 웅변대회에 가서 실망적인 상을 가져올 때도 있었지. 하지만 1년 동안 열심히 한끝에 대상을 받았어. 그러니 너무 우울하고 짜증이 나게 생각하지 마. 모든 사람들은 이런 걸 겪고 언젠가는 성공도 일어나니 포기하지 않는 마음만 있으면 무조건 성공할 수 있을 거야."

꿈 키우기 ∨

1학년 6반 #1·66 #같이가치 #긍정 ▼

구자겸
2022년 12월 31일 오후8:00

꿈 키우기 ∨

내가 존경하는 인물이 나에게 조언을 한다고 생각하고 그 인물의 가치관에 맞추어 살아가면서 나를 발전시킨다면, 손흥민처럼 축구선수 되려고 노력하잖아. 노력하면 축구선수 되려고 열심히 뛰잖아. 열심히 뛰면 언젠가는 축구선수 시험 보잖아. 시험 보면 열심히 한 노력 보여주잖아. 보여주면 확률적으로 축구선수 되잖아. 되면 축구팀에 들어가서 운동하잖아. 운동하면 월드컵 하잖아. 그러면 월드컵 우승하려고 노력하잖아. 노력하면 16강이라도 가려고 목표 세우잖아. 만일 16강 가면 더 열심히 뛰잖아. 더 열심히 뛰면 우승 가까워지잖아. 그럼 더더욱 열심히 뛰잖아. 그러면 돈 많이 많이 벌잖아. 그럼 더더욱 기뻐지잖아. 기뻐지면 행복해지잖아. 그럼 먹고살기 쉬워지잖아.

표정 32 · 댓글 51

   댓글을 남겨주세요.

꿈 키우기 V

1학년 6반   #1·66   #같이가치   #긍정   ▼

김예린
2022년 12월 31일 오후8:00

'처음'이라는 단어에 지쳐있는 나에게, "힘들더라도 삶 속 작은 희망과 행복을 찾아 나아가는 사람이 되었으면 좋겠어. 생각보다 너의 곁에는 꽃이 많이 피어있다. 그 꽃들은 네가 주는 그 눈길 하나에도, 네가 꽃들이 열매를 맺기를 바라는 그 작은 소망에도 기뻐할 거야. 너는 네가 생각하는 것보다 더 많은 꽃들을 피우고, 더 많은 열매를 맺을 수 있으며, 더 아름다운 일들을 많이 만들 수가 있어."

꿈 키우기 ∨ ≡

1학년 6반 #1·66 #같이가치 #긍정 ▼

 박서현
2022년 12월 31일 오후8:00

 기댈 곳 하나 없는 상황에서 어찌 보면 사소한, 그렇지만 큰 악재가 겹쳐 혼자 울고 있던 과거의 나를 지금의 내가 말없이 안아준다면, 그 누구도 이해할 수 없는 상황에서 서로가 이해하며 쉬어갈 수 있는 버팀목이 되어줄 수 있지 않을까?

1학년 6반 #1·66 #같이가치 #긍정

남성진
2022년 12월 31일 오후8:00

꿈 키우기 ∨

오늘 하루 친구의 겉모습이나 좋지 않은 습관과 단점들을 판단하려는 순간, 친구가 내가 힘들었을 때 힘내라며 위로해 주던 말을 떠올리며 친구를 바라본다면, 그 친구에 대한 미안함과 '저 애 참 괜찮네'라는 약간의 호감이 생기고 단점을 바라보는 시선을 고치게 될 것이다. 또한 그 친구의 장점을 보게 되고 그 친구와 조금 더 가까워지게 될 것이다. 또 다음에 힘든 일이 있을 때 더 나아가게 되어 서로서로 좋은 인생의 동반자가 될 수 있지 않을까라는 시선으로 그 친구를 바라보게 될 것이다. 내가 초등학교에 있을 때 친구의 단점만 보고 그 친구를 판단하고, 안 좋은 시선으로만 봐서 그 친구와 싸운 적이 있다. 그러니 안 좋은 모습으로만 사람을 판단하지 말고 좋은 점, 좋았던 기억을 봤으면 좋겠다.

표정 32 · 댓글 51

 댓글을 남겨주세요.

꿈 키우기 ∨

1학년 6반 #1·66 #같이가치 #긍정 ▼

배다솜
2022년 12월 31일 오후8:00

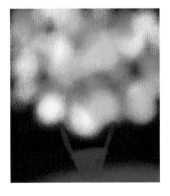

음 중학생이 되어 지친 나에게 해줄 수 있는 말이 있다면, "중학생이라 사람들이 너에게 원하는 게 더 많아질지도 몰라, 예를 들어 수행평가 준비라던가, 시험 준비라던가, 그럴 때는 완벽하게 하지는 못해도, 네가 할 수 있는 최선을 다하는 게 좋다고 생각해. 속상한 일이 있잖아? 가끔씩 누군가에게 안겨서 울어도 좋고, 그런 게 나는 하나의 성장하는 방법이라고 생각해."

꿈 키우기 ∨

1학년 6반 #1·66 #같이가치 #긍정

배윤성
2022년 12월 31일 오후8:00

친구가 나를 대신하여 자리 청소를 해주는 사소한 상황에서도 감사함을 느낀다면, 친구에게 기프티콘을 주고 이모티콘을 보내며 감사함을 말 대신 표현한다.

꿈 키우기 ∨

1학년 6반   #1·66   #같이가치   #긍정   ▼

신지섭
2022년 12월 31일 오후8:00

노력과
결과
그래프

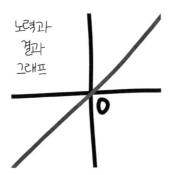

노력한 만큼 결과가 따라주지 않아 학업의 의지를 상실한 친구에게 해줄 말이 있다면, 항상 모든 일을 긍정적으로 하고 한 번 실패했다고 좌절하지 마. 성공할 날은 많이 남아서 포기하지 않으면 노력한 만큼 더 좋은 결과를 얻을 수 있다고 말해줄 것이다.

꿈 키우기 ∨

1학년 6반 #1·66 #같이가치 #긍정

안서현
2022년 12월 31일 오후8:00

내가 존경하는 인물이 나에게 조언을 한다고 생각하고 그 인물의 가치관에 맞추어 살아가면서 나를 발전시킨다면, 내가 존경하는 인물인 임윤찬의 '마음에서 나쁜 것을 품으면 음악이 정말 나쁘게 되고 마음으로부터 정말 진심으로 연주를 하면 음악이 진심으로 표현된다.'라는 말을 항상 가슴에 품고 살 것이고, 전보다 성장한 나에게 한 발짝 더 다가갈 수 있을 것이다. 또 성장한 나를 보고 다른 사람들도 나를 존경하는 인물로 생각해 세상에 선한 영향력을 미칠 것이다.

꿈 키우기 ∨

1학년 6반　#1·66　#같이가치　#긍정

이설하
2022년 12월 31일 오후8:00

내가 좋아하지 않는 친구의 생일에 나는 선물을 챙겨주지 않았지만, 그 친구가 내 생일에 내게 필요한 선물을 챙겨준다면, 나는 그 친구의 생일 때 챙겨주지 못한 게 미안할 것이고, 그 친구에게 고마울 것이다. 그래서 다음 친구의 생일 때는 그 친구가 받으면 기쁘고 놀랄만한 생일선물, 돈과 꽃을 합친 돈 꽃다발을 준비해 선물할 것이다.

꿈 키우기 ∨

1학년 6반   #1·66   #같이가치   #긍정   ▼

이승민
2022년 12월 31일 오후8:00

내가 잘못해서 나를 혼내시는 선생님께 억울한 마음 대신 나의 부족한 점을 나무라시고, 보충할 수 있는 방법과 기회를 주신다는 것에 감사하다는 마음을 가지고 많은 생각을 해본다면, 예전보다 나아질 수 있을 것이다.

꿈 키우기 ∨

1학년 6반 #1·66 #같이가치 #긍정

장설희
2022년 12월 31일 오후8:00

친구들이랑 놀 때 무엇을 먹을지 고민할 때 내가 먹고 싶다고 했던 음식을 먹기로 했는데 한 명의 친구가 내가 사소하게 말했던 그 음식을 기억해 주었다면, 그 친구가 내 마음에 크게 와닿을 것이고 친구의 그런 장점을 더 찾아보고 존경할 것이고, 내가 좀 더 다가가서 그 친구와의 사이가 더 좋아지고 친하게 지낼 것이다.

꿈 키우기 ∨

[1학년 6반] #1·66 #같이가치 #긍정 ▼

장현우
2022년 12월 31일 오후8:00

엄마와 말다툼을 한 뒤 화를 내며 문을 세게 닫고 방에 들어가는 모습을 지켜본 엄마가 되어 그 모습을 지켜본다면, 엄마의 마음이 이해가 가고 그런 행동을 한 과거의 내가 후회될 것이다. 그리고 과거의 나를 만나서 2022년 10월 24일 날에 크게 혼나니까 착하게 살라고 말할 것 같다.

꿈 키우기 ∨

[1학년 6반] #1·66 #같이가치 #긍정 ▼

정선하
2022년 12월 31일 오후8:00

다른 사람의 귀로 나의 말을 들어본다면, 색다른 경험을 할 수 있을 것 같고 나를 한 번 더 되돌아볼 수 있는 시간을 가질 수 있을 것이다. 또 나를 성찰해서 나의 나쁜 말들을 좋은 말들로 바꿀 수 있을 것이다.

꿈 키우기 ∨

1학년 6반 #1·66 #같이가치 #긍정

조윤하
2022년 12월 31일 오후8:00

첫 단추를 잘 끼우기 위해 명문 대학에 들어가고, 잘 살기 위해 행복한 삶을 살기 위해 열심히 살았으나 남는 건 허탈감이라는 걸 깨닫는 순간이 온다면, 평생 의미 없는 것들에 목숨 걸고 매달려 왔다는 생각에 후회할 것이다. 나는 자주 '어떻게 해야 직장을 얻고 돈을 벌고 성공할 것인가'에 대한 생각을 하곤 하는데, '그렇게 번 돈과 명예로 무엇을 할 것인가'에 대한 생각은 해 본 적이 없는 것 같다. 사실 나도 성공 이후의 것들이 허탈감만을 가져다줄 것이라는 걸 무의식중에 알고 있었던 것은 아닐까?

꿈 키우기 V

1학년 6반 #1·66 #같이가치 #긍정 ▼

최준혁
2022년 12월 31일 오후8:00

노력한 만큼 결과가 따라주지 않아 학업의
의지를 상실한 친구에게 해줄 말이 있다면, "
괜찮아. 인생에서 한번 노력했지만 실패한
것에서 실수보다 노력에 초점을 맞춰. 노력을
한 것만으로도 너에게 큰 영향을 줄 거야. 공부
를 노력 안 하고 점수 잘 나온 아이보다, 공부를
노력했지만 점수가 잘 안 나온 사람이 미래에
더 큰 나무가 돼있어. 공부가 잘 안됐다고 포
기하지 말고 지금처럼 열심히 노력을 하면 다
음 공부는 훨씬 나아질 거야. 그 노력을 잊으려
고 하지 마"라고 할 것이다.

꿈 키우기 ∨

`1학년 6반` #1·66 #같이가치 #긍정 ▼

최지예
2022년 12월 31일 오후8:00

엄마가 끓여준 라면보다 PC방 라면이 맛있다고 말했을 때 내가 엄마가 되어 본다면, "엄마가 PC방에 가서 라면 끓이는 방법을 배워보고 연습도 하고 일도 해보고 해서 더 맛있게 끓여 줄게. 그래도 PC방 라면이 맛있으면 PC방에 가서 라면 사줄게"라고 말하고 싶다.

꿈 키우기 ∨

2학년 1반 #1·66 #같이가치 #긍정 ▼

김예린
2022년 12월 31일 오후8:00

어떤 선택을 하던 미루지 않는다면 나중에 귀찮지 않다. 예를 들어 그때 만약 숙제를 했었더라면 뿌듯하고 숙제를 해야 된다는 불안감이 없어지고 마음이 훨씬 가벼워지며 시간이 많아지기 때문에 남들 보다 더 나은 하루를 보낼 수 있었을 것이라고 생각한다.

꿈 키우기 ∨

2학년 1반 #1·66 #같이가치 #긍정 ▼

김재윤
2022년 12월 31일 오후8:00

과거의 추억 속으로 여행 갈 수 있는 기회가 하나 생긴다면, 유치원 때 눈사람을 만들었을 때로 가고 싶다. 왜냐하면 영화의 한 장면처럼 눈이 아주 많이 와서 아름다웠고 유치원 때에는 지금처럼 공부 같은 걱정 없이 놀 수 있었고 다른 기억들과 달리 한없이 즐거운 기억이었기 때문이기에 나에게는 눈사람이 좋은 기억을 나게 해 주는 소중한 상징적 존재이다.

꿈 키우기 ∨

2학년 1반 #1·66 #같이가치 #긍정   ▼

김서윤
2022년 12월 31일 오후8:00

꿈 키우기 ∨

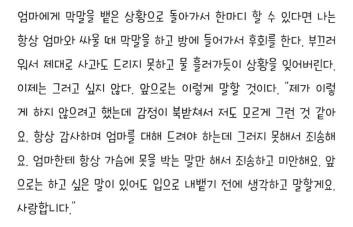

엄마에게 막말을 뱉은 상황으로 돌아가서 한마디 할 수 있다면 나는 항상 엄마와 싸울 때 막말을 하고 방에 들어가서 후회를 한다. 부끄러워서 제대로 사과도 드리지 못하고 물 흘러가듯이 상황을 잊어버린다. 이제는 그러고 싶지 않다. 앞으로는 이렇게 말할 것이다. "제가 이렇게 하지 않으려고 했는데 감정이 북받쳐서 저도 모르게 그런 것 같아요. 항상 감사하며 엄마를 대해 드려야 하는데 그러지 못해서 죄송해요. 엄마한테 항상 가슴에 못을 박는 말만 해서 죄송하고 미안해요. 앞으로는 하고 싶은 말이 있어도 입으로 내뱉기 전에 생각하고 말할게요. 사랑합니다."

표정 32 · 댓글 51

💬 댓글을 남겨주세요.

꿈 키우기 ∨

2학년 1반　#1·66　#같이가치　#긍정　　▼

박예원
2022년 12월 31일 오후8:00

고3 언니/누나가 수능을 앞두고 포기하려고 한다면 해주고 싶은 말은 비 온 뒤에 아름다운 무지개가 뜨듯이 지금은 수능에 대한 압박감 때문에 울적한 시기를 보내고 있더라도 결국 포기하지 않고 이겨내려고 하면 좋은 결과가 있을 것이다. 만일 좋은 결과를 보지 못하더라도 수능을 위해 열심히 한 노력은 절대 헛되지 않았고, 미래에는 이 경험이 무지개처럼 빛을 발하는 날이 올 것이라고 말하고 싶다.

꿈 키우기 ∨

2학년 1반 #1·66 #같이가치 #긍정 ▼

설연우
2022년 12월 31일 오후8:00

수능이 얼마 남지 않은 수험생들에게 전해줄 말은 "우리는 어떻게 생각하느냐에 따라 세상을 보는 시각이 달라지죠. 그러니 아무리 위축되고 힘들더라도 후에 다가올 희망을 가지고, 천천히라도 괜찮으니, 멈추지만 마세요. 수능 날까지 97일이 남았는데, 이 시간을 어떻게 활용하느냐에 따라 미래로 열릴 길의 폭이 넓어지거나 좁아질 수 있기에 시간 활용을 효율적으로 쓰시고 수능 후 밝은 모습의 당신을 맞이할 수 있기를 바랄게요. 화이팅 하세요."

꿈 키우기 ∨

2학년 1반 #1·66 #같이가치 #긍정 ▼

김채은
2022년 12월 31일 오후8:00

우리에게 아낌없이 주는 나무에게 한마디를 건넨다면 나에게 아낌없이 주는 나무는 부모님이다. 왜냐하면 인생의 절반과 돈, 시간 등을 아낌없이 투자하기 때문이다. 그러나 나는 여전히 부모님이 학교까지 데려다주시거나 엄마께서 차려주신 밥을 먹는 등 소년처럼 부모님의 도움만을 받고 있다. 앞으로는 〈아낌 없이 주는 나무〉에 나오는 소년처럼 보답하지 못하고 죽을 때까지 도움만 받지 말아야겠다. 나는 시간을 뒤따라가는 시곗바늘처럼 일하고 들어오신 지친 부모님의 어깨를 주물러주고 요리를 도와주는 등 부모님의 호의를 뒤따라가 보답해야겠다.

표정 32 · 댓글 51

  댓글을 남겨주세요.

꿈 키우기 ∨

2학년 1반 #1·66 #같이가치 #긍정

이승현
2022년 12월 31일 오후8:00

내가 만약 24시간 동안 혼자 있게 된다면 잠을 자거나 잡생각들을 많이 하게 될 것이다. 왜냐하면 평소에 잡생각을 많이 하고 혼자 있는 시간이 많기 때문이다. 그래서 나는 24시간 동안 내가 먹을 음식과 내가 어디에 갇혀 있는지 궁금해할 것 같다. 그래서 나는 어떤 장소나 물건들이 있는지에 따라 내가 달라질 수 있는 시간이 될 것 같아서 좋을 것 같다.

꿈 키우기 ∨

2학년 1반   #1·66   #같이가치   #긍정

이유찬
2022년 12월 31일 오후8:00

필요한 상황에서 긍정적인 힘을 주는 나만의 말을 만들어 본다면 '일단 엎지르고 보자'이다. 왜냐하면 내가 어릴 때 많이 소심하고 조용한 아이여서 내가 나서야 할 순간에 나서지 못해서 우리 팀이 진 적이 있었다. 그땐 나 자신을 몰랐고, 그 뒤엔 나 자신을 찾고자 생각을 해서 내가 이런 마인드를 바꿨던 게 실패를 하더라도 행동을 먼저 해보자는 의미가 있는 엎지르고 보자라는 마인드로 바꾸고 난 뒤 반의 분위기 메이커 역할을 하게 되었다.

꿈 키우기 ∨

2학년 1반 #1·66 #같이가치 #긍정 ▼

 신민경
2022년 12월 31일 오후8:00

꿈 키우기 ∨

지금 내가 하는 말이 죽기 전 마지막 말이 된다면 "나는 죽음이 두렵기도 하지만 정해진 죽음이라고 생각해서 후회는 많지 않아. 그러니 난 편해 하지만 내가 너한테 욕심 좀 내도 될까? 마지막 부탁이야. 너의 꿈에 내가 나왔으면 좋겠어 그리고 나를 기억했으면 좋겠어. 나도 널 기억할 거야. 이제 보니 아직 내 인생에서 네가 많이 남아있나 보네. 내가 떠난 그날만 많이 슬퍼해줬으면 좋겠어! 그날만큼이라도 날 생각한 거라는 소리잖아~ 너무 기쁠 것 같아. 네가 날 생각할 동안 난 여우비로 나타나 널 바라볼 거야. 잠깐 보고 사라질 거야. 그러니 애써 괜찮은 척 참으려고 하면 안 돼! 그러면 내가 더 슬플 것 같아. 그냥 눈물 펑펑 흘리면서 날 생각해 줘! 이런 욕심 많은 나라도 너와의 추억 속에 남아 있을까?"라고 말을 할 것이다.

표정 32 · 댓글 51

 댓글을 남겨주세요.

꿈 키우기 ∨

2학년 1반 #1·66 #같이가치 #긍정 ▼

이현호
2022년 12월 31일 오후8:00

내가 원하는 나의 모습이 있다면 행복한 기억이 무진장 많은 사람이 되고 싶다. 어릴 땐 부모님이 일 때문에 바쁘셔서 다른 친구들이 제주도, 유럽 간다 할 때 집에서 할머니, 할아버지랑 놀았던 기억밖에 나지 않는다. 할머니, 할아버지랑 놀았던 것도 물론 좋은 추억이었지만 어릴 적 나는 엄마, 아빠랑 노는 것이 더 필요했고 지금도 나만 그런 추억이 없다는 생각에 가끔 울적해지기도 한다. 그러니까 앞으로는 엄마, 아빠랑 해외여행도 가고 같이 낮잠도 자고 맛있는 것도 먹으면서 무진장 행복한 기억들로 내 인생을 장식하고 싶다.

꿈 키우기 ∨

2학년 1반 #1·66 #같이가치 #긍정

정진욱
2022년 12월 31일 오후8:00

어떤 선택을 하던 미루지 않는다면 만약 내가 지금까지 어떤 선택을 하던 미루지 않고 열심히 해왔다면 내가 지금과 조금, 혹은 많이는 다르지 않았을까?라고 생각한다. 어릴 적 친구의 물건이 많이 탐이 났던 나는, 친구가 그걸 두고 갈 때까지 기다렸다가 친구의 물건을 가져왔다 2일이 지나서 나는 그 친구에게 사과를 하고 돌려주고 싶었지만 그 친구가 용서하지 않을까 봐 말을 하지 못했고 그렇게 그 친구와의 이별이 찾아왔다. 그때의 나는 친구의 물건을 돌려주지도 않으면서 돌려주고 나서의 일을 고민하고 있었다.

14:42

꿈 키우기 ∨

2학년 1반 #1·66 #같이가치 #긍정 ▼

임예준
2022년 12월 31일 오후8:00

꿈 키우기 ∨

지금 내가 하는 말이 죽기 전 마지막 말이 된다면 아들이 훌륭한 사람이 됐으면 좋겠다. 또는 돈을 많이 벌어서 건강하게 잘 살면 좋겠다. 결혼해서 아내와 아이에게 잘 해주면 좋겠다. 그리고 미래에 내가 죽기 전 아들에게 또 다른 말을 전한다면 나는 "사랑하는 내 아들아 나는 네가 태권도 선수가 됐으면 좋을 것 같아. 왜냐하면 아빠도 태권도 선수가 되고 싶었던 그 아름다운 꿈을 이루지 못해서 조금 슬펐어. 나는 네가 꿈을 대신 이루면 좋겠어. 물론 너의 꿈도 응원하고, 존중하지만 아빠는 네가 멋있는 모습으로 태권도를 하는 그 모습도 한 번쯤은 보고 싶단다. 내 사랑하는 아들아, 아빠가 죽더라도 너의 꿈을 이루기 위해 열심히 노력하는 사람이 되거라"라고 말을 할 것이다.

표정 32 · 댓글 51

  댓글을 남겨주세요.

꿈 키우기 ∨

2학년 1반 #1·66 #같이가치 #긍정 ▼

조예영
2022년 12월 31일 오후8:00

내가 부모님으로부터 가장 듣고 싶은 말을 생각해 본다면 사랑한다는 말이 가장 듣고 싶다. 가장 흔하고 가장 쉬운 애정 표현이지만 크면 클수록 사랑한다는 말을 부끄럽다는 이유로 잘 하지 않게 되고 부모님과 싸우거나 서먹서먹할 때가 많아 시간이 흐를수록 사랑한다는 말이 소중해지고 들었을 때 더 감동받는다고 생각한다. 내가 생각하기에 사랑한다는 말을 떠올렸을 땐 분홍빛 구름같이 사랑스러움과 부드러움이 떠올라서 그 말을 들었을 땐 치유되고 행복함에 둘러싸이는 느낌이라 내가 가장 사랑하는 부모께 사랑한다는 말을 듣고 싶다.

꿈 키우기 ∨

2학년 1반 #1·66 #같이가치 #긍정 ▼

조은결
2022년 12월 31일 오후8:00

내가 게임을 하고 있는데 동생이 방해해서 싸웠을 때 동생에게 사과의 말을 건넨다면 내가 동생에게 좋지 않은 말을 했거나 신체적으로 피해를 줬을 때 그것에 대한 부분은 잘못을 인정하고 나도 방해받은 것에 대해서는 사과를 받고 싶으므로 그 부분은 동생에게 사과를 구하거나 분위기를 띠우기 위해 동생에게 어깨동무를 하며 같이 편의점이나 놀이터에 가자고 해본다.

꿈 키우기 ∨

2학년 1반   #1·66   #같이가치   #긍정   ▼

추소영
2022년 12월 31일 오후8:00

꿈 키우기 ∨

용기가 필요한 상황에서 긍정적인 힘을 주는 나만의 말을 만들어 본다면 "내 마음대로 되지 않는 게 인생이라고 말하잖아! 근데 그럼에도 불구하고 너는 원하는 대로 인생을 살았으면 좋겠어! 운명을 거스르고 너는 행복했으면 좋겠어! 인생 한 번 사는데 굳이 하고 싶은데 안 하지는 말고 그냥 다 하고 살았으면 좋겠고 또 도전해 보고 부딪혀 봤으면 좋겠어 너의 그 순간은 다시 돌아오지 않으니까. 현실에 치이지 말고 원하는 거 해! 실패하면 어때!? 평생 즐겁기만 하면 인생이 찬란하다고 못 느낄 거야! 그러니까 너의 선택이지만 네가 고민하고 있는 그 '용기' 한번 내봐도 좋지 않을까?"

표정 32 · 댓글 51

  댓글을 남겨주세요.

꿈 키우기 ∨

2학년 1반 #1·66 #같이가치 #긍정 ▼

하수현
2022년 12월 31일 오후8:00

꿈 키우기 ∨   ≡

포기했던 것을 돌아와 다시 생각하고, 실패했지만 많은 노력을 한 나 자신을 바라보며 고생했던 나를 위해 해줄 말이 있다면, 나도 10살 때 피아노 콩쿠르 대회 때문에 매일 피아노 학원에 가서 피아노를 쳤지만, 콩쿠르에서는 실수를 해서 탈락한 적이 있다. 그래서 내 피아노 실력을 상승시키기 위해 집에서도 있는 악보를 가지고 아무거나 골라서 1시간씩 피아노를 쳤었고 결국 실력이 전보다 성장하였다. 그래서 나는 실패했다고 포기하지 말고 '반드시 밀물 때가 온다'라는 카네기의 말처럼 계속 노력해서 좋은 성과를 얻도록 해보자는 말을 해주고 싶다.

표정 32 · 댓글 51

 댓글을 남겨주세요.

꿈 키우기 ∨

2학년 1반 #1·66 #같이가치 #긍정

최현태
2022년 12월 31일 오후8:00

과거에 힘들고 위로가 필요했던 나에게 따뜻한 말을 전한다면 "과거는 힘들고 서럽지만 미래에 행복하고 돈을 많이 벌 수 있고 안정적인 직업을 가지고 성공한 나를 생각하고, 내가 원하는 게임이라든지 운동이라든지의 활동 등을 하고, 과거의 뭐든지 귀찮아하고 대충 하는 약점을 보완하는 등의 노력을 하면서 버티자"라고 말하고 싶다.

꿈 키우기 ∨

2학년 1반 #1·66 #같이가치 #긍정

허준서
2022년 12월 31일 오후8:00

오늘 하루 내 주변 모든 것들이 없어져 버린다면 평소 익숙했던 것들이 없어져서 당황스럽고 허전할 것 같고 익숙하게만 여겼던 것들의 진짜 소중함을 깨닫게 될 것이다.

꿈 키우기 ∨ ☰

2학년 2반 #1·66 #같이가치 #긍정 ▼

권규백
2022년 12월 31일 오후8:00

너의 인생에서 슬픔을 느껴 우울하고 고통스럽고 뭘 해도 기분이 안 좋을 때, 내가 너의 슬픔을 공감하고 이해하고 토닥여 줄게. 나는 네 친한 친구이자 너의 힘듦을 들어주고 맞장구쳐주고 집중해서 들으면서 네가 힘든 점이 뭔가를 알아내고 그에 맞게 너의 슬픔을 훨훨 날아가게 해줄 좋은 조언과 힘내라는 응원과 칭찬을 아주 많이 해줄 거야. 하지만 여전히 너의 인생이 지루하고 재미없다고 해도 절대 포기하지 마. 네 주위를 둘러봐. 나는 언제나 너의 곁에 있어. 힘들면 나에게로 와. 너를 힘들게 하는 것이 무엇인지 나에게 이야기해 줘. 잠잠히 들어줄게.

꿈 키우기 ∨

2학년 2반 #1·66 #같이가치 #긍정 ▼

김동욱
2022년 12월 31일 오후8:00

내가 너의 슬픔을 토닥여 준다면 너의 슬픔은 너의 웃음처럼 토닥토닥 날아갈 것이다.

꿈 키우기 ∨

2학년 2반 #1·66 #같이가치 #긍정

김민서
2022년 12월 31일 오후8:00

수행평가를 끝내고 뒤돌면 시험, 시험 치고 나면 다시 또 수행평가… 이런 고난 속 포기하지 않고 열심히 살아온 나에게 이렇게 말해주고 싶다. "그동안 열심히 달려오느라 많이 힘들었지? 쉴 틈 없이 달리다 보면 분명 어려움도 찾아오게 될 거야. 그때마다 내가 누군지, 왜 이 길을 왔는지 잊지 말고 힘껏 달려나가자! 최선을 다하면 마침내 결승선에 도착하게 될 거야!"

꿈 키우기 ∨

2학년 2반 #1·66 #같이가치 #긍정 ▼

김민정
2022년 12월 31일 오후8:00

시험에서 낮은 성적을 받은 친구에게 심기를 거스르지 않고 위로하는 한마디 말을 해줄 수 있다면 "'역경을 이겨내고 핀 꽃이 제일 아름다운 꽃이니라'라는 말처럼 처음에는 어렵고 실수할 수도 있지만 그 과정을 거쳐내면 네가 제일 아름답게 성공할 수 있을 거야"라고 말해줄 것이다.

꿈 키우기 ∨

2학년 2반   #1·66   #같이가치   #긍정

김윤서
2022년 12월 31일 오후8:00

친구가 전맹일 때 자신이 시각장애라는 것에
슬퍼하지 않을 수 있게 이렇게 말해주고 싶다. "
내 눈엔 너와 내가 별반 다른게 없는데 그저
익숙하지 않다는 이유로 이상한 시선을 가지고
보는 사람들이야말로 정말 이상하고 못된 거지.
눈으로 봐선 절대 못 느껴지는 것들을 넌 온전히
손끝에 존재하는 여러 감각으로 느낄 수 있다는
게 나는 너무 부러워. 그러니 너무 슬픔에 잠겨
있지 마. 기죽지 말고 자신감을 가져! 넌 세상에
하나밖에 없는 소중한 존재라는 걸 잊지 마~!"

꿈 키우기 ∨

2학년 2반 #1·66 #같이가치 #긍정 ▼

김현서
2022년 12월 31일 오후8:00

열심히 준비한 시험에 불합격하여 재시를 준비해야 하는데 준비를 못 하고 있는 친구에게 이렇게 말해주고 싶다. "한 번 떨어져 보니까 다시 시작하는 게 너한테 조금 어렵고 망설여진다는 거 잘 알아. 하지만 아직 한 번밖에 안 해봤는데 포기하는 건 너무 아깝지 않아? 실패는 성공의 어머니라는 말 들어봤지? 한 번의 실패가 더 가치 있는 성공을 만들어줄 거야. 시작이 반이라는 말도 있듯, 일단 시작만 하면 큰 어려움 없이 잘 칠 수 있을 거야. 넌 할 수 있어!"

꿈 키우기 ∨

2학년 2반   #1·66   #같이가치   #긍정

박시하
2022년 12월 31일 오후8:00

가장 오랫동안 알고 지낸 친구들에게 한마디를 남긴다면, "지금까지 정말 많은 일들이 있었지만 그중에서도 너희와 함께 했던 일들이 유독 오랫동안 내 기억에 남아. 그 순간들이 있었기에 조금은 힘들고 지치더라도 꿋꿋하게 버틸 수 있는 원동력이 된 것 같아. 기쁨도 슬픔도 마치 내 일처럼 함께 나누고 공감해 주는 너희 같은 좋은 친구들이 있다는 게 소중하고, 감사하게 생각해. 아무 때나 연락해도 항상 반겨주는 너희처럼 내가 너희에게 언제든지 편하게 기댈 수 있는 친구가 되면 좋겠어. 항상 고맙고 사랑해."

꿈 키우기 ∨

2학년 2반 #1·66 #같이가치 #긍정

박지환
2022년 12월 31일 오후8:00

받고 싶어 하는 친구에게 해줄 말은, "지금 네가 걷고 있는 길이 너 혼자만 지나던 길이 아니야. 물론 지금이 많이 힘들 수도 있어. 그리고 그게 맞아. 남들도 모두 지났던 길이라고는 해도, 너에게는 그 힘듦의 무게가 다른 사람들과 다를 수 있지. 너무 상심하지 마. 시간이 지나면 지금 네가 힘들어하는 것도 모두 괜찮아질 거야. 그러니까 너무 힘들어하지 말고 힘내! 필요한 것이나 부탁할 것이 있으면 나한테 편하게 말해도 돼"라고 말해줄 것이다.

꿈 키우기 ∨

2학년 2반 #1·66 #같이가치 #긍정 ▼

이대원
2022년 12월 31일 오후8:00

만약 강아지가 버려져 있는 것을 보았다면 먼저 강아지의 주인을 찾아주려 할 것이고, 주인이 없는 강아지라는 것이 확실해지면 병원에 들러 강아지의 건강 상태를 확인하고, 새로운 보금자리를 찾아주려 노력할 것이다. 그리고 새로운 주인이 생길 때까지 그 강아지를 돌봐줄 것이다. 생기지 않으면 계속 우리가 키운다. 만약 주인이 생기면 그 강아지가 좋아하는 간식과 장난감 그리고 집까지 무상으로 줄 것이다. 매우 아쉽겠지만 강아지의 새 삶을 위해 보내줄 것이다.

꿈 키우기 ∨

2학년 2반 #1·66 #같이가치 #긍정

임규성
2022년 12월 31일 오후8:00

부모님과 다툼을 한 후에 학교를 다녀왔는데 내가 가장 좋아하는 반찬을 해놓으신 부모님께 한마디를 하게 된다면 부모님은 내가 무엇을 해도 나를 용서하시고 나와 싸우는 것을 원치 않으실뿐더러 멀어지는 것은 더더욱 원하지 않으신다는 것을 알게 되어 티는 많이 나지 않겠지만 부모님과 점차 가까워지려고 노력할 것이다.

2학년 2반 #1·66 #같이가치 #긍정 ▼

유선민
2022년 12월 31일 오후8:00

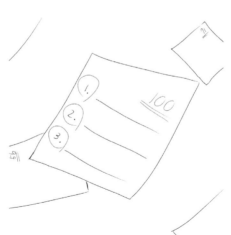

꿈 키우기 ∨

나는 용기가 필요한 상황에서 긍정적인 힘을 주는 나만의 말을 만든다면, "괜찮아, 사람이 실수할 수도 있는 거지. 중간고사 때 70점을 받았어도 이 실수를 본보기 삼아 다음 시험에는 80점을 받도록 더 노력하면 되니까 아직 오지 않은 미래를 걱정할 시간에 교과서 한 장, 책 한 장이라도 더 읽자. 내가 공부한 만큼 성적이 나오는 게 당연한 거니까, 이번 결과에 실망했다면 내가 왜 이 점수밖에 받지 못했는지 생각해보고 지금 이 순간을 최선을 다해서, 열심히 노력해서 해보면 반드시 후회하지 않을 만큼 좋은 결과가 나올 테니까 해보지도 않고 겁먹고 물러서지 마."라고 만들 것이다.

표정 32 · 댓글 51

  댓글을 남겨주세요.

꿈 키우기 ∨

2학년 2반 #1·66 #같이가치 #긍정 ▼

정지민
2022년 12월 31일 오후8:00

시험으로 수고한 우리들에게 네가 공부한 만큼 만족스럽게 결과가 나왔으면 좋겠고 한 달 동안 열심히 노력했으니까 당분간은 걱정 없이 열심히 놀기! 만약 마음에 드는 점수가 나오지 않아 속상해지더라도 이번 시험을 발판 삼아 다음 시험 전까지 극복해서 잘 치도록 열심히 공부해!!! 혹시나 공부 방법을 잘 모르겠다면 너한테 맞는 공부 방법을 같이 찾게 도와줄 수도 있어! 너무 걱정하지 말고 3학년도 남아있으니까 포기하지 말았으면 해.라고 이야기해 주고 싶다.

꿈 키우기 ∨

2학년 2반 #1·66 #같이가치 #긍정 ▼

진인성
2022년 12월 31일 오후8:00

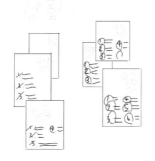

내가 시험 점수가 낮게 나온 자식의 모습을 보는 부모님의 입장에 서게 된다면 자식에게 "상심하지마. 안 좋은 기억은 '경험'이 되지만 좋은 기억은 '추억'이 되는 거야 이번 시험은 '경험'이 되었지만 우리 다음 시험에는 '추억'을 만들도록 노력해 보자"라고 이야기해 줄 것이다.

꿈 키우기 ∨

2학년 2반 #1·66 #같이가치 #긍정 ▼

천가인
2022년 12월 31일 오후8:00

친구나 가족에게 사랑한다는 말을 다른 말로 표현한다고 하면, "기쁠 때나 슬플 때나 내 곁에 있는 사람이 항상 너였으면 좋겠어."라고 할 것이다.

꿈 키우기 ∨

2학년 2반 #1·66 #같이가치 #긍정 ▼

박시현
2022년 12월 31일 오후8:00

내가 만약 어른이 된다면 어떠한 일이 생겨도 쉽게 무너지지 않고 내가 하는 모든 일에 책임을 질 수 있는 내면까지 강인한 몸만 어른이 아닌 마음까지 성숙한 어른이 되어 내가 목표하는 바를 이루어 내가 선택한 삶에 만족하고 작은 것에도 즐거움을 느끼며 살아갈 것이다.

꿈 키우기 ∨

[2학년 3반] #1·66 #같이가치 #긍정 ▼

강혜림
2022년 12월 31일 오후8:00

친구가 전맹일 때 '친구에게 시각장애를 어떻게 표현하면 친구가 자신이 장애라는 것에 슬퍼하지 않을 수 있을까'라고 생각하고 말을 한다면 "사람들은 개인마다 다른 특징을 가지고 있는데 너는 눈보다 손끝으로 세상을 읽는 특징을 가진 사람이야. 다른 사람의 시선이 두렵다고 해도 누구나 각자 어려운 게 있고 잘하는 게 다른 것뿐이라고 생각하면 괜찮을 거야. 그리고 지금은 보이지 않는 눈 때문에 힘들더라도 나중에 핀 꽃이 제일 아름답다는 말처럼 네가 어떻게 될지는 아무도 모르는 일이잖아. 그러니 네가 힘들 때 내가 도와줄 테니까 걱정하지 마!"라고 말할 것이다.

꿈 키우기 ∨

[2학년 3반] #1·66 #같이가치 #긍정 ▼

김가영
2022년 12월 31일 오후8:00

과거에 힘들고 위로가 필요했던 나에게 따뜻한 말을 전한다면 "지나간 과거를 다시 떠올리지 말고 현재의 나를 생각하자. 과거를 생각하면 그 과거에만 머물고 있을 뿐 지금 현재에 머무는 것이 아닌 게 되잖아. 지금부터 열심히 하면 돼! 과거보다 더 좋아진 모습으로 파이팅 하자!"라고 이야기해 주고 싶다.

꿈 키우기 V

2학년 3반 #1·66 #같이가치 #긍정 ▼

고윤지
2022년 12월 31일 오후8:00

꿈 키우기 ∨

내가 가장 감사한 마음을 가지고 있는 선생님께 전하고 싶은 말을 쓴다면 "6학년 담임 선생님 잘 지내시나요? 보고 싶습니다. 학교에 남아 있을 때 운동장에서 마음 껏 뛰어놀았던, 뛰어노는 아이들을 보았던 날, 칠판 가득 낙서를 하고는 사진을 찍으며 웃었던 날, 어서 지우라며 말씀은 하셨지만 미소 짓고 계시던 선생님, 교실을 할로윈 컨셉으로 과학 시간에 사용했던 해골 모양 종이로 꾸몄던 날, 그런 날들은 평범했지만 정말 즐겁고, 잊을 수 없는 순간이었던 것 같습니다. 선생님께서 졸업식날 '너는 아직 자라나지 않은 새싹이고 커가면서 점점 더 많은 일을 겪을 거야. 그때마다 좋을 결과를 마주할 수도, 아닐 수도 있을 거란다. 그때마다 좌절하지 않고 잘 이겨낸다면 넌 어느새 그 누구보다 멋지고 커다란 나무가 되어 있을 거야'라고 해주셨던 말, 저는 그 말을 실천하기 위해 열심히 노력하고 있습니다. 덕분에 지금의 저는 학교에서 잘 적응하고 행복하게 살아가고 있습니다. 잊을 수 없는 즐거운 추억 만들어 주셔서 감사합니다. 항상 존경하고 사랑합니다!"라고 쓰고 싶다.

표정 32 · 댓글 51

 🐝 댓글을 남겨주세요.

꿈 키우기 ∨

2학년 3반　#1·66　#같이가치　#긍정　▼

곽나현
2022년 12월 31일 오후8:00

12

1	2	3	4	5	6 기	7 말
8 고사	9	10 국어A 수행	11	12	13	14
15	16 체육A수행	17	18	19 영어A 수행	20	21
22	23	24	25	26	27	28 방학식
29	30	31				

꿈 키우기 ∨

수행평가를 끝내고 뒤돌면 시험, 시험 치고 나면 다시 또 수행평가… 이런 고난 속 포기하지 않고 열심히 살아온 나에게 해주고 싶은 말이 있다면 "지금까지 했던 수행과 시험 중에서 대부분 완벽하게 준비를 못 했고 어떤 것은 포기하려 하고 또 어떤 것은 준비를 많이 했지만 안 좋은 결과를 받아서 우울했었지? 하지만 좋든 안 좋든 너의 노력한 결과라고 생각하고 앞으로의 시간이 많으니 조급하게 생각하지 말고 노력하면 언젠가 늘 거라고 생각해. 그리고 포기해서 좋을 거 없다는 거 잘 알고 있을 거라고 생각해. 결과도 중요하지만 결과보다는 과정에 초점을 둬서 계속 발전하는 네가 됐으면 좋겠다. '난 안될 거야'라고 생각하면 넌 항상 제자리를 빙빙 돌며 놀고만 있겠지. 이해보다 암기가 약하다면 그 부분을 보충해 봐. 너 자신보다 널 아는 사람은 없으니까 네가 잘하는 게 먼지, 못하는 게 먼지 파악해서 그걸 잘 활용했으면 해. 시험을 계속 망친다고 앞으로도 망칠 거야? 고생했지만 정신 똑바로 차리고 제대로 해라."라고 말해주고 싶다.

표정 32 · 댓글 51

  댓글을 남겨주세요.

꿈 키우기 ∨

2학년 3반 #1·66 #같이가치 #긍정 ▼

김동휘
2022년 12월 31일 오후8:00

친구가 전맹일 때 친구에게 시각장애를 어떻게 표현하면 친구가 자신이 장애라는 것에 슬퍼하지 않을 수 있을까 "너는 청각과 촉각, 그리고 상상력이 남들보다 뛰어날거야. 너가 앞이 보이지 않아도 내가 항상 옆에서 도와줄 테니까 슬퍼하지 않았으면 좋겠어."

꿈 키우기 ∨

2학년 3반　#1·66　#같이가치　#긍정　　▼

김민성
2022년 12월 31일 오후8:00

친구가 전맹일 때 친구에게 시각장애를 어떻게 표현하면 친구가 자신이 장애라는 것에 슬퍼하지 않을 수 있을까 "그런 장애를 갖게 된 것이 너의 잘못도 아니고 나쁜 것도 아니야. 그리고 각막이식 수술이란 것도 있으니 너무 힘들어하지 않아도 돼. 네가 힘들 때마다 내가 옆에서 너의 눈 역할이 되어줄게. 그리고 주변 사람들이 너에게 어떠한 말을 하든 넌 묵묵히 너의 길을 가면 되고 난 그때마다 너의 뒤에서 너를 항상 SUPPORT 해줄게. 힘내!"

꿈 키우기 ∨

2학년 3반 #1·66 #같이가치 #긍정   ▼

김준희
2022년 12월 31일 오후8:00

내가 친구와 갈등이 생겼을 때, 친구의 입장에서 생각해 본다면 나의 실수가 반복되지 않도록 노력하며, 상대방의 입장을 생각한다. 만약 상대방이 싫다면, 싫어하는 이유를 물어보면서 화해할 수 있도록 노력한다.

꿈 키우기 ∨

2학년 3반 #1·66 #같이가치 #긍정

김지연
2022년 12월 31일 오후8:00

아낌없이 주는 나무에 한마디를 건넨다면 내 인생에 아낌없이 주는 나무가 있다면 단연 늘 내 옆과 뒤에서 날 받쳐주며 묵묵히 응원해 주는 '엄마'이지 않을까 생각한다. 그런 엄마에게 한마디를 건넨다면, "내가 당신에게 해줄 수 있는 건 가끔가다 툭 던지는 사랑한다는 말뿐이지만, 그런 것 하나 개의치 않고 늘 나에게 더 주지 못해 아쉬워하는 당신을 보면 정말 미안하지만 고맙고 또 든든하게 느껴져요. 내가 당신에게 자신 있게 약속할 수 있는 하나가 있다면 난 당신을 절대 혼자 두고 떠나지 않겠다는 거예요. 설령 무언가가 수없이 나를 막아서는 순간 속에서도."

사춘기에게 던지는 물음표

꿈 키우기 ∨

2학년 3반 #1·66 #같이가치 #긍정

남현준
2022년 12월 31일 오후8:00

공부했는데도 성적이 낮은 친구에게 위로의 말을 건넨다면 나는 "괜찮아. 이 시험이 끝은 아니잖아. 그리고 네 목숨이 걸린 것도 아닌데 너무 연연해하지 마, 우리 기분도 풀 겸 같이 네가 좋아하는 진라면 순한맛 먹으러 갈래? 내가 큰컵으로 쏜다! 핫바도 먹을래?"라고 말하며 성적이 낮게 나와서 우울한 친구의 마음을 풀어줄 것이다.

14:42   ▂▃▅ 🔋

꿈 키우기 ∨   ☰

`2학년 3반` #1·66 #같이가치 #긍정   ▼

노우진
2022년 12월 31일 오후8:00

오늘 하루 내 주변 모든 것들이 없어져 버린다면 하루, 24시간, 1440분, 86400초라는 긴 시간 동안 모든 것들이 없어진다? 나는 아마 정신이 나가버릴지도 모른다. 아무런 소리도, 친구, 부모님, 그 어떠한 먹을 것도 없어져 버린다면 살아갈 의미 또한 없을 것이라고 생각하기 때문이다.

꿈 키우기 ∨

2학년 3반　#1·66　#같이가치　#긍정　　▼

박재완
2022년 12월 31일 오후8:00

다른 사람의 행동을 욕할 때, 나도 같은 행동을 한 기억들이 주마등처럼 스쳐 지나간다면 내가 그 친구에게 욕을 할 때, 나도 다른 친구에게 욕을 먹을 수 있다고 생각하면서 반성하고 내가 욕을 했던 그 사람에게 찾아가서 사과는 못하더라도 잘해줄 것이다. 그리고 내가 하는 행동에 신경 써서 남을 욕하지 않는 것은 물론, 남에게 욕을 먹지 않는 행동을 하는 데에도 신경 쓰면서 살아갈 것 같다.

2학년 3반 #1·66 #같이가치 #긍정

 변도현
2022년 12월 31일 오후8:00

아랫집 사람이 내일 중요한 시험이 있다는 것을 알게 되었을 때 응원의 메시지를 보낸다면 "많은 사람들은 진정한 행복을 가져오는 것에 대해 잘못 생각하고 있습니다. 진정한 행복은 자기 만족에서 얻어지는 것이 아니라 가치있는 삶의 목적을 위해 충실하게 행동함으로써 얻어지는 것입니다.'라는 헬렌켈러의 말처럼 내일 있을 시험에서 아쉽게 성적이 낮더라도 더 많은 기회가 남아 있으며 공부에서 실패하더라도 다른 일에서 성공 할 수 있기 때문에 너무 걱정하지 말고 열심히 공부하여 좋은 성적 나오길 응원하겠습니다."

꿈 키우기 ∨

2학년 3반　#1·66　#같이가치　#긍정　　　▼

백서진
2022년 12월 31일 오후8:00

꿈 키우기 ∨

만약 평소 활발하고 다정했던 친구가 힘들어하며 나에게 기댈 때, 내가 응원의 한마디 한다면 "나에게 이런 고민을 말해줘서 고마워. 항상 우리에게는 밝은 모습만 보여줘서 너의 아픔을 알아차리지 못했어. 그러니까 이제는 숨기지 말고, 참지 말고, 사소한 문제라도 모두 우리에게 말해줘. 같이 해결해 나가보자. 우리가 해결하기 어려운 일이어도 말하고 나면 답답했던 게 조금은 나아질 수도 있잖아. 혼자서 해결하려고 애쓰는 것보다 여럿이 더 도움이 될 때도 있거든. 그리고 너 웃을 때 정말 해사하게 웃는 거 알아? 웃음이 맑고, 깨끗하다는 거야. 난 네가 웃는 모습 계속 보고 싶어."

표정 32 · 댓글 51

  댓글을 남겨주세요.

꿈 키우기 ∨

2학년 3반 #1·66 #같이가치 #긍정

사공윤아
2022년 12월 31일 오후8:00

만약 진실만을 얘기할 수 있는 세상에 산다면 좋은 점도 있겠지만 거짓말을 못 하게 된다면 사람들이 하는 말에 상처를 받고 또 상처를 주게 될 것이다. 그래서 인간 관계가 더 안 좋아지는 상황이 생겨 진실만 얘기할 수 있다면 힘들 것 같다.

꿈 키우기 ∨

2학년 3반 #1·66 #같이가치 #긍정

안지민
2022년 12월 31일 오후8:00

지금 하는 말을 가장 힘든 때에 있는 사람에게 전할 수 있다면 "애썼어. 네가 무슨 기차를 타더라도 원하는 목적지에 닿기를 바랄게. 목적지가 너무 멀게 느껴지더라도 조금 빙 둘러 가는 것뿐이니까 언젠가는 꼭 그 역에 도착할 거야. 원하던 목적지에 도착하지 않아도 괜찮아. 조금 슬퍼하다 훌훌 털어내고 나면 그 역이 아니더라도 새로운 목적지가 생기고 결국엔 도착할 거야."

꿈 키우기 ∨

2학년 3반 #1·66 #같이가치 #긍정 ▼

이우준
2022년 12월 31일 오후8:00

하루만이라도 나에 대한 모든 걱정과 아픔을 버리고 내가 썩 괜찮은 사람이라고 생각한다면 평소와 다르지 않게, 평범한 일상을 보내서 내가 원래 썩 괜찮은 사람이라고 생각하게 하고 싶다. 달라지면 내가 원래 괜찮지 않은 사람이라고 생각하는 게 되니까.

꿈 키우기 ∨

2학년 3반 #1·66 #같이가치 #긍정 ▼

이정협
2022년 12월 31일 오후8:00

만약 하루에 단 한마디만 내뱉을 수 있다면 너무나도 바빴던 나의 하루가 가치 있음을 인정해 주는 말을 할 것이다. "미래를 위해 오늘도 수고했어. 또다시 찾아올 내일을 위해서 미련이 남더라도 오늘과 작별하자."

꿈 키우기 ∨

2학년 3반   #1·66   #같이가치   #긍정   ▼

이서윤
2022년 12월 31일 오후8:00

꿈 키우기 ∨

시험 점수가 낮게 나온 자식에게 한마디를 한다면 "화가 좀 나고 기분이 썩 좋지는 않지만 네가 노력과 시험 점수는 비례한다는 것을 깨달았다면 그걸로 충분해. 이번 일을 계기로 알고 다음에는 노력을 하는 사람이 되었으면 좋겠어. 노력도 안 하고 점수가 높게 나오기를 기대한다면 그건 잘못된 거야. 하지만 네가 노력을 했다면 노력을 한 만큼 점수가 높게 나오는 건 당연한 거야. 항상 모든 일에는 후회가 따르는 법이지. 하지만 네가 후회하지 않을 만큼 노력을 한다면 후회를 하지 않을 수 있지 않을까? 물론 실패를 할 수도 있고 후회를 할 수도 있지만 괜찮아. 실패가 있으면 성공이 따르는 법이니 다음에 더 노력하면 잘 할 수 있을 거야. 너무 속상해하지 마. 넌 할 수 있어"라고 말해주고 싶다.

표정 32 · 댓글 51

  댓글을 남겨주세요.

꿈 키우기 ∨

2학년 3반 #1·66 #같이가치 #긍정 ▼

정진하
2022년 12월 31일 오후8:00

꿈 키우기 ∨

지금 하는 말을 가장 힘든 때에 있는 사람에게 전할 수 있다면 "여러분 요즘 많이 힘드신가요? 저도 요즘 인생의 슬럼프가 심하게 와서 너무 힘들어요. 하지만 인생의 계단에서 잠깐 힘들어서 멈춰있다고 생각하며 잘 버티고 있어요. 저는 힘든 때에 있는 사람들에게 이 말을 전하고 싶어요. 사람들이 좋아하는 회색은 검은색과 흰색이 섞여서 만들어지는 듯이 우리의 인생도 힘든 일과 좋은 일이 섞여 더욱 빛나요!! 그러니 언젠가 이 힘든 때가 추억이 될 것을 생각하며 너무 오래 힘들어하지 않았으면 좋겠어요. 지금은 가슴이 찢어지는 듯이 힘들고 아프겠지만 힘든 일이 있었으면 좋은 일도 생기니까 걱정하지 말아요. 앞으로는 늘 웃음꽃이 피어 별똥별처럼 항상 빛나길 바라요. 힘내세요!"

표정 32 · 댓글 51

  댓글을 남겨주세요.

꿈 키우기 ∨

2학년 3반 #1·66 #같이가치 #긍정

최진서
2022년 12월 31일 오후8:00

지금 내가 하는 말이 죽기 전 마지막 말이 된다면 지금 내가 살아가는 삶에서 부모님에게 사랑한다는 말 한마디를 하는 것이 힘들다. 사실 사랑한다는 말 한마디만 하면 되는 일인데 이 한마디가 뭐가 어려운지 자꾸 말하려고 다짐을 해도 막상 부모님 앞에만 가면 자꾸만 입이 떨어지지 않는다. 하지만 죽기 직전 마지막 말이라면 평소 잘 말하지 못했던 사랑한다는 말을 가족들에게 꼭 하고 죽고 싶다.

꿈 키우기 ∨

2학년 4반 #1·66 #같이가치 #긍정

고진석
2022년 12월 31일 오후8:00

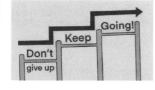

포기했던 것을 돌아와 다시 생각하고, 실패했지만 많은 노력을 한 나 자신을 바라보며 고생했던 나를 위해 해줄 말이 있다면 나도 철봉 기술 국내에서 5명도 못하는 자이언트 스윙 540 도는 기술을 하려고 하였는데 무서워서 포기한 적이 있었지만 내가 그동안 철봉에 쓴 시간 나의 노력이 눈에 보여 포기할 수가 없었다. 내가 이렇게 짧은 시간에 중학생 다이내믹 철봉 1등을 할 수 있어서, 내가 너무 자랑스럽다. 앞으로도 포기하지 않고 열심히 해서 다이내믹 철봉 세계 1위를 할 것이다.

꿈 키우기 ∨

2학년 4반 #1·66 #같이가치 #긍정 ▼

구인경
2022년 12월 31일 오후8:00

괜찮아

꿈 키우기 ∨

지금 하는 말을 가장 힘든 때에 있는 사람에게 전할 수 있다면 "포기하지 마. 너는 잘못되지 않았어, 너한테 해코지를 하는 사람들이 분명 있겠지만 그 사람들에게 네가 맞춰갈 필요 없어. 언제나 주위를 둘러보다 보면 언제나 널 걱정해 주는 사람들이 있다는 걸 잊지 마. 널 가슴속에 너무 가두고 살지 않았으면 좋겠어, 나도 어렸을 땐 자존감이 너무 낮아서 잘할 수 있는 것도 못하고, 안 하려고 했었는데 지금 다시 떠올리니 내가 왜 그랬나 싶더라고. 실수해도 돼. 아니, 차라리 아무것도 안 하는 것보단 도전이라도, 실수라도 해 보는 게 좋을 것 같다고 생각해. 넌 단점보다 장점이 더 많은 사람이야. 자신감을 가져. 널 사랑해야 다른 누군가도 널 사랑할 수 있어."

표정 32 · 댓글 51

  댓글을 남겨주세요.

꿈 키우기 ∨

2학년 4반   #1·66   #같이가치   #긍정   ▼

김도현
2022년 12월 31일 오후8:00

꿈 키우기 ∨

고3 언니, 오빠가 수능을 앞두고 포기하려고 한다면 "포기하는 것보다 해보고 후회하는 게 낫지 않을까? 지금까지 그 누구보다도 열심히 해왔잖아. 그러니까 포기하지 마. 그동안의 노력을 의심하지 말고 한번 도전해 봐! 할 수 있을 거야."라고 포기하지 않도록 응원해 줄 것이다. 알 수 없는 미래를 향해서 한 걸음씩 걸어 나간다는 것이 두려울 수도 있겠지만 그 멋도 아닌 두려움 때문에 지금까지 자신이 해왔던 것을 포기하려 한다는 것은 정말 말도 안 되는 행동이라고 생각한다. 나도 나아가고 시도하기가 두려웠던 적이 있지만 그 두려움을 이겨내고 끝까지 해보려고 한 적이 있었다. '이건 해도 나는 어차피 안될 거야, 미리 포기하자, 안되는 걸 뭐 하려 해.' 같은 말들이 생각났지만 반대로는 '에이 실패하더라도 한 번 해보자, 많이 연습하고 더 노력해 보자, 내가 한 일에는 결과만 있는 것이 아니라 과정도 있는 거잖아? 결과는 나쁘다고 해도 과정은 아니게 되는 거잖아.' 이런 생각도 났었던 것 같다. 아무리 힘들더라도 끝까지 시도해 보고, 힘을 짜내다 보면 언젠가는 무엇이든 끝나게 된다. 추운 겨울이 지나면 봄이 오듯이, 이 현재의 힘듦을 이겨내면 자신의 밝은 미래를 향하여 한 걸음 더 나아갈 수 있는 것이다.

표정 32 · 댓글 51

  댓글을 남겨주세요.

꿈 키우기 ∨

2학년 4반 #1·66 #같이가치 #긍정 ▼

김송현
2022년 12월 31일 오후8:00

내가 원하는 나의 모습이 있다면 그것은 부정적인 생각에 빠지지 않는 것, 목표를 잃지 않는 것이다. 나의 행복을 추구하며, 누가 뭐래도 흔들리지 않는, 굳건한 사람이 되고 싶다. 그리고 무작정 남을 부러워 하기보다, 묵묵히 나를 발전시키는 사람이 되는 것이 나의 소망이다. 내가 나 자신의 롤모델이 되고 싶다.

꿈 키우기 ∨

2학년 4반 #1·66 #같이가치 #긍정

김민지
2022년 12월 31일 오후8:00

오늘 하루를 다시 살아 본다면 차가운 울 엄마 손 한 번 더 잡아 본다거나…한가해 보이는 울 아빠랑 말 한마디 더 나눠 본다거나… 차가운 공기 한 번 더 마시면서 걷는다거나… 얼마 전 엄청 먹고 싶었던 딸기랑 찹쌀떡을 먹는 것처럼 다시는 오지 않을 오늘을 후회 없이 살아 보고 싶어요. 지금도 충분히 젊지만 오늘이 남은 내 삶에서 가장 젊은 날이니까!

2학년 4반   #1·66   #같이가치   #긍정

김오승
2022년 12월 31일 오후8:00

포기했던 것을 돌아와 다시 생각하고, 실패했지만 많은 노력을 한 내 자신을 바라보며 고생했던 나를 위해 해줄 말이 있다면 기말고사를 칠 때 높은 수학 점수를 받고 싶어서 '이번 수학은 꼭 성공하자'며 다짐을 하고 한 달 동안 수학을 중심으로 부족한 것들을 공부를 했는데 아쉽게 좋지 않은 점수가 나왔어. 그 점수를 보고 굉장히 아쉬웠지. 하지만 그걸 이루기 위해 노력을 하고 끝까지 놓지 않았으니 졌지만 잘 싸웠다고 생각해! 앞으로도 뭘 하든 그것만큼은 꼭 잡고 이뤄보자! 그게 자신과의 싸움에서 이기는 거니까!

꿈 키우기 ∨

2학년 4반 #1·66 #같이가치 #긍정 ▼

김정은
2022년 12월 31일 오후8:00

친구가 전맹일 때 친구에게 시각장애를 어떻게 표현하면 친구가 자신이 장애라는 것에 슬퍼하지 않을 수 있을까? "난 네가 정말 멋진 사람이고 본받을 사람이라고 생각해. 넌 앞이 잘 보이지는 않지만 그래서 세상을 더 잘 볼 수 있지 않을까? 시각장애인이 아닌 사람들은 눈으로만 세상을 보지만 넌 온몸으로 세상을 느끼잖아. 난 그게 더 멋진 거 같아. 그러니까 너무 실망하지 마!!"

꿈 키우기 V

2학년 4반   #1·66   #같이가치   #긍정   ▼

문지후
2022년 12월 31일 오후8:00

내가 한 말과 행동의 결말을 예상할 수 있었다면 내가 한 말과 행동의 결말은 내가 어떤 행동을 하느냐에 따라 바뀔 수 있기 때문에 바꾸려고 노력할 것이다. 뿌린 대로 거둔다는 말이 있듯이 결말은 행동에 비례한다. 지금까지의 나는 결말을 예상하지 않고 행동을 했지만 지금부터는 좋은 결과를 만들기 위해 좋은 행동을 할 것이다.

꿈 키우기 ∨

2학년 4반 #1·66 #같이가치 #긍정

박지범
2022년 12월 31일 오후8:00

친구가 전맹일 때 친구에게 시각장애를 어떻게 표현하면 친구가 자신이 장애라는 것에 슬퍼하지 않을 수 있을까? 세상에는 누구도 자신의 삶을 선택하고 태어날 수 없어. 너는 단지 시각이 없을 뿐 시각을 대신하는 다른 너의 감각들이 너를 지탱해 줄 거야. 나는 네가 어떤 기분 일지 모르지만, 자신이 지금까지 버텨왔던 이유가 무엇인지 생각해 보고 앞으로도 그 이유를 생각하며 어려운 일들을 해결해 보자.

꿈 키우기 ∨

2학년 4반 #1·66 #같이가치 #긍정 ▼

이서연
2022년 12월 31일 오후8:00

 →

학생으로서 우리가 책임져야 하는 일은, 사소한 활동들에도 냉소에 빠지지 않고 작은 것이라도 적극적으로 책임져 시작해 보는 것이다. 도덕 시간에 삶은 한 번뿐이고 끝이 있기에, 소중하다고 배웠다. 끝이 있는 삶을 의미 있게 한번 살아보기 위해서도, 한 달에 한 번 환경을 위한 플로깅 활동, 우리 학급을 위해 봉사하는 것, 책을 읽은 후 독서감상문 한 페이지를 작성하는 것, 네가 했던 모든 활동들이 네가 되니까, 다시 오지 않는 학생의 순간을 후회하지 않기를 위해서라도, 자신의 미래 성장을 위해서라도, 한 번 시작해!

꿈 키우기 ∨

2학년 4반   #1·66   #같이가치   #긍정

이시형
2022년 12월 31일 오후8:00

내가 한 말과 행동의 결말을 예상할 수 있었다면 먼저 후회할 것 같은 짓을 고려해서 안 할 것이다. 만약에 내가 후회할 짓을 모르고 하게 된다면 나의 잘못을 항상 후회하고 자책하며 살 것이다. 이렇게 생각하는 이유는 내가 후회할 짓을 많이 했는데 그중에 친구에게 장난을 쳤는데 친구가 아파서 화가 나, 잠깐 다퉜었던 경험이 있어 항상 후회할 짓인지 안 할 짓인지 생각하고 할 것 같다 앞으로.

꿈 키우기 ∨

2학년 4반 #1·66 #같이가치 #긍정 ▼

신아현
2022년 12월 31일 오후8:00

꿈 키우기 ∨

만약 지금까지 잘 살아오던 내가 1년간 아프리카에서 살며 내가 비로소 기아 현상을 겪고 노동에 시달린 후에 다시 현실로 돌아오고 아프리카 원주민에게 해주고 싶은 말은 "아프리카에서 생활하면서 15살이라는 어린 나이에도 학교에 가지 못하고 먹고살기 위해 일하는 모습이 누군가에겐 이렇게 소중한 것인 줄 모르고 아무렇지 않게 낭비하기만 하던 나를 다시 돌아볼 수 있는 시간이었어. 그래서 나는 내가 아프리카에 다녀온 건 내 인생에 선물 같다고 생각해. 이 전까지는 기아 현상에 대해 별로 하지 못했던 생각을 할 수 있는 기회였고, 나보다 힘든 삶을 살아가는 사람들도 있는데 난 못한다며 바로 포기하고 좌절했던 내 삶을 반성하게 돼. 그동안 알지도 못했고 알려고 노력하지도 않아서 미안해. 내가 할 수 있는 사소한 것들이라도 노력해서 도움을 더 줄 수 있도록, 지금부터라도 기아 현상을 겪는 사람들의 피해를 최소화하기 위해 최선을 다해서 노력해 볼게."

표정 32 · 댓글 51

  댓글을 남겨주세요.

꿈 키우기 ∨

2학년 4반 #1·66 #같이가치 #긍정 ▼

이나영
2022년 12월 31일 오후8:00

꿈 키우기 ∨

우리에게 아낌없이 주는 나무에 한마디 건넨다면? "너는 스스로 성장하기 위해 오랫동안 궂은 비바람을 견디고 버텨줬어. 하지만 나는 어떠한 고통도 없이 너의 도움만 받으려 했지. 너는 나에게 많은 것을 주었지만 나는 너에게 외로움과 쓸쓸함, 잘려버린 허전함밖에 주지 못했어. 아무 기대, 바람도 없이 날 도와준 너의 마음은 오랫동안 간직하고 싶어. 그러나 지금처럼 계속 도움만 청한다면 의존적이고 무능력한 사람이 되겠지. 앞으로는 네가 걱정하지 않도록 스스로 삶을 개척하는 사람이 될게. 정말 고마워. 내 주변에 너처럼 나를 위해 아낌없이 주는 사람은 우리 부모님이셔. 내가 올바르게 성장하기 위해서, 또 스스로 살아가기 위해서 내게 많은 것들을 가르쳐주시지. 그래서 나는 독립해야 할 시기가 찾아왔을 때 망설임 없이 사회로 나갈 수 있는 책임감 있는 사람이 되고 싶어."

표정 32 · 댓글 51

  댓글을 남겨주세요.

꿈 키우기 ∨

2학년 4반 #1·66 #같이가치 #긍정

임서진
2022년 12월 31일 오후8:00

용기가 필요한 상황에서 긍정적인 힘을 주는 나만의 말을 만들어 본다면? '내가 지금 한순간이 힘들어서 포기를 한다면 나는 이 한순간 때문에 평생을 이어서 할 수 있었다는 생각으로 힘들 것이기 때문에 실패하더라도 도전하자!' 이렇게 생각한 이유는 내가 옛날에 코딩을 배워서 코딩 자격증 시험을 볼 수 있었는데 안 본 기억이 있고 아직도 '해볼걸'이라는 생각이 계속 들기 때문에 나는 실패하더라도 '중요한 것은 꺾이지 않는 마음'이라는 명언처럼 포기하지 않고 성공을 위해 다시 노력한다.

꿈 키우기 ∨

`2학년 4반` #1·66 #같이가치 #긍정

정서연
2022년 12월 31일 오후8:00

친구가 전맹일 때 친구에게 '넌 눈을 대신해 마음과 따뜻한 손길로 많은 것을 느낄 수 있고 느끼게 해줄 수 있는 특별한 존재야'라고 표현해 준다면 친구가 자신을 더 아껴주고 사랑해 줄 거 같다. 왜냐하면 그 친구가 시각장애를 선택한 게 아니기 때문이다. 하지만 그 친구가 시각장애를 선택한 게 아니라 해도 시각장애에 대한 좋지 않은 말들을 평생 듣지 않고 살 수 없기 때문에 내가 그 친구 옆에 있는 동안엔 나의 사소한 행동과 한마디로 그 친구를 행복하게 만들 수 있는 특별한 존재가 되어 줄 것이다.

꿈 키우기 ∨

2학년 4반 #1·66 #같이가치 #긍정

장민주
2022년 12월 31일 오후8:00

꿈 키우기 V

내 가슴에 못을 박은 사람이 진심으로 용서를 구한다면 나는 용서할 것이다. 사람은 누구나 실수를 하고 또 때로는 그 사람의 생각과 마음보다 행동과 말이 앞서는 순간이 있다. 능위서타지인能爲恕他之人, 능히 남을 용서하는 사람이 돼라)이라는 말이 있다. 나 또한 그 사람이 내게 상처를 입힌 것처럼 내가 아는, 혹은 모르는 새에 타인에게 상처를 입혔을 것이다. 또한 알고 저질렀어도 세상에는 타인을 향해 용서를 구하는 걸 수치스럽게 여기는 사람들이 많다. 그렇기에 나는 알 수 있다. 본인이 의도하지 않고 그런 행동을 행했더라도 용서를 구한다는 건 스스로의 잘못을 이미 정확히 인지하고 자책했다는 것이다. 그렇게 용서를 구하기 위해는 그 사람은 내게 든 미안한 마음 때문에 어떻게 사과할지 몇십 번을 고민했을 것이며, 나 또한 용서를 구하는데 얼마나 많은 심력이 필요한지 안다. 능히 남을 용서하라는 저 말처럼 받은 상처는 아프고 그 사람을 미워해야만 마음이 나아질 수도 있겠지만 내 가슴에 못 박은 사람이 이 경험을 통해 진심으로 내게 미안해하며 남에게 진심을 다해 사과하는 법을 깨닫는다면 용서하지 않을 이유가 없다. 그렇기에 그 사람이 진심인 걸 느낄 수 있으며, 타인 또한 더 나은 사람이 될 것이다. 오히려 용서 하나로 타인에게 선한 영향을 끼칠 수 있다면 이득 아닐까?

표정 32 · 댓글 51

  댓글을 남겨주세요.

꿈 키우기 ∨

2학년 4반 #1·66 #같이가치 #긍정 ▼

조상윤
2022년 12월 31일 오후8:00

포기했던 것을 돌아와 다시 생각하고, 실패했지만 많은 노력을 한 나 자신을 바라보며 고생했던 나를 위해 해줄 말이 있다면? '가시에 찔리지 않고서는 장미꽃을 얻을 수 없다'라는 말처럼 내가 좋은 시험 결과라는 장미꽃을 얻기 위해서는 좋지 못한 시험 결과 또는 여러 시행착오라는 장미의 가시에 찔릴 것이기 때문에 한두 번 결과가 좋지 못하더라도 자신이 원하는 장미를 고작 장미의 가시 같은 사소한 일에 포기하지 말고 언제나처럼 노력하라고 말하고 싶다.

2학년 5반   #1·66   #같이가치   #긍정

김도현
2022년 12월 31일 오후8:00

과거에 힘들고 위로가 필요했던 나에게
따뜻한 말을 전한다면 그때의 나야! 앞으
로는 그럴 일이 없어. 걱정하지마.

꿈 키우기 ∨

2학년 5반 　#1·66　#같이가치　#긍정　　　▼

김민지
2022년 12월 31일 오후8:00

가족과 친구에게 하고 싶었지만 하지 못했던 말은 내가 가장 나다운 모습으로 있을 수 있게 해줘서 고마워 나도 너가 나와 있는 순간만이라도 온전히 너가 너일 수 있게 하고 싶어. 내 평생의 기억에 꼭 남아있었으면 하는 사람이 너라서 정말 기뻐. 항상 사랑해, 응원해.

꿈 키우기 ∨

2학년 5반 #1·66 #같이가치 #긍정

김선재
2022년 12월 31일 오후8:00

만약 하루에 단 한마디만 내뱉을 수 있다면 나는 친구와 가장 많은 대화를 하는 것 같다. 하지만 친구와 대화를 하는 시간은 많지만 농담과 같이 무의미하게 스쳐 지나가는 말이 대부분이다. 그렇기에 나는 더욱 더 신경쓰고 고민하며 한마딜 내뱉어야 하는 진심이 담긴 말을 할 것이다. 그렇다면 친구와의 관계도 더욱 좋아지지 않을까?

꿈 키우기 ∨

2학년 5반 #1·66 #같이가치 #긍정

김영민
2022년 12월 31일 오후8:00

나에게 남을 도울 수 있는 기회가 한 번 밖에 없다면 인간은 생각의 씨를 뿌리고 행동을 수확하며 행동의 씨를 뿌리고 습관을 수확한다는 말이 있다. 누구는 가장 처음인 생각의 씨를 잘 뿌려 습관까지 잘 수확하겠지만 누구는 처음부터 생각의 씨를 잘못 뿌려 안 좋은 습관을 수확하게 될 것이다. 생각의 씨를 제대로 뿌리지 못해 힘들어하는 친구가 좋은 습관을 수확할 수 있도록 좋은 생각의 씨를 심을 수 있게 도와줄것이다.

꿈 키우기 ∨

2학년 5반 #1·66 #같이가치 #긍정

김주헌
2022년 12월 31일 오후8:00

포기했던 것을 돌아와 다시 생각하고, 실패했지만 많은 노력을 한 나 자신을 바라보며 고생했던 나를 위해 해줄 말이 있다면 "지금까지 잘 버텨준 나 자신에게 고맙고, 고생했던 만큼 앞으로도 잘해보도록 하자."

꿈 키우기 ∨

2학년 5반　#1·66　#같이가치　#긍정　▼

김수현
2022년 12월 31일 오후8:00

꿈 키우기 ∨

학술제 때 노래를 부르다가 음이탈이 난 친구가 있다면 "친구야 사실 나는 전교생들 앞에서 노래를 부르다 실수를 할 수도 있다고 생각하지만 니 입장에서 생각해 본다면 너가 창피했을 수도 있을 것 같아. 그래도 전교생들 앞에서 노래를 하는 것은 정말 멋지다고 생각해. 물론, 전교생들 앞에서 실수를 한 것은 어쩔 수 없지만 너무 창피하다고 생각되면 긍정적으로 생각하면 나아질 수도 있어. 아닐 수도 있고…….. 근데 친구야 창피하면 많은 생각이 들어 머리가 아프다던데 혹시 어떤 기분이야? 머리로 계란을 깼을 때와 같은 기분일까? 그때 기분이 욕하고 싶을 만큼 기분이 안 좋거든. 그래도 친구야 재미로 해본 말이니 이 말에 너무 욕하지는 말고 꼭 부정적으로 생각하지 말고 긍정적으로 생각해보렴."

표정 32 · 댓글 51

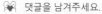 댓글을 남겨주세요.

꿈 키우기 V

2학년 5반   #1·66   #같이가치   #긍정

김지인
2022년 12월 31일 오후8:00

지금 하는 말을 가장 힘든 때에 있는 사람에게 전한다면 "지금 이 순간이 힘들겠지만 꼭 참고 견뎌낸다면 이 순간을 계기로 더 기쁜 순간이 돌아올 거라 믿어. 힘든 일이 생기면 좋은 일도 생기기 마련이니까 말이야. 그런데 참을 수 없을 만큼 힘든 상황은 누구나, 언제든 오게 돼. 그러니 그땐 참지 말고 기대는 거야. 때론 모르는 사람이 가까이 있는 사람보다 더 편할 때가 있잖아? 네 이름도, 나이도, 생일 하나도 모르는 내가 너의 곁에 있을게. 우리 같이 견뎌내자!"

2학년 5반 #1·66 #같이가치 #긍정

배상범
2022년 12월 31일 오후8:00

내가 게임을 하고 있는데 동생이 방해해서 싸웠을 때 동생에게 사과의 말을 건넨다면 "게임은 이미 끝났고 게임처럼 니 목숨도 끝내고 싶지만 같이 게임 한 판만 하자. 지면 알지?"

꿈 키우기 ∨

2학년 5반 #1·66 #같이가치 #긍정

배정원
2022년 12월 31일 오후8:00

오늘 하루를 다시 한번 살아볼 수 있다면 12. 27.카타르월드컵. 한국 VS 가나. 추가시간을 인정하지 않았을 뿐 아니라 벤투감독에게 레드카드를 준 앤서니 테일러 심판이 아닌 제대로 된 공정한 심판을 배치할 것이다. 12.27. 2-3교시 과학시간. 남의 편지를 비난하지 않고 친구들을 존중하며 선생님께 좀 더 멀쩡한 편지를 드릴 것이다 4교시 국어시간. 졸지 않고 책을 좀 더 읽어서 나를 위해 살아볼 것이다. 하지만 이 글을 안 쓴 것에 후회하며 다시 살 수 있다면 이 글부터 써서 지수현샘께 욕을 안 먹을 것이다.

꿈 키우기 ∨

2학년 5반 #1·66 #같이가치 #긍정

사세희
2022년 12월 31일 오후8:00

포기했던 것을 돌아와 다시 생각하고, 실패했지만 많은 노력을 한 나 자신을 바라보며 고생했던 나를 위해 해줄 말이 있다면 "앞으로 어떤 일이 펼쳐질지는 모르지만 이번 경험을 토대로 노력하는 방법을 알게 되었으니 만약 나중에 또 다시 힘든일이 닥쳐온다고 해도 노력으로 그 일을 이겨낼 수 있을 거야. 그러니까 이번 경험을 마냥 실패적이고 아무 이득도 얻지 못했다고 생각하기보단 나중을 위해 좋은 경험을 쌓을 수 있었던 좋은 기회였다고 생각했으면 좋겠어."

꿈 키우기 ∨

2학년 5반 #1·66 #같이가치 #긍정 ▼

송보경
2022년 12월 31일 오후8:00

오늘 하루를 다시 한번 살아 볼 수 있다면 오늘의 내가 부족했던 점은 보완하고 오늘의 내가 잘했었던 점은 노력하여 더 좋은 행동으로 나타나게 한다. 나는 오늘 하루를 다시 살아본다는 것을 나 자신을 다시 한번 되돌아본다는 말로 해석했기에 평소의 '나'보다 더 완벽한 '나'로 살고 싶어서 부족했던 점은 보완하고 잘했던 점은 노력하여 예전의 '나'를 반성하고 앞으로 더 좋은 '나'를 나타나게 하고 싶다.

2학년 5반 #1·66 #같이가치 #긍정

이나영
2022년 12월 31일 오후8:00

친구가 전맹일 때, 친구에게 시각장애를 어떻게 표현하면 친구가 자신이 장애라는 것에 슬퍼하지 않을 수 있을까? "너는 우리랑 별다를 게 없는 똑같은 사람이야. 왜 네가 장애를 가진 것에 슬프고 힘들어하는 거니? 너는 축복을 가지고 태어났어. 장애를 가진 것은 잘못도 아니고 나쁜 것도 아니야. 사람마다 다 똑같이 태어날 수는 없어. 각기 다른 재능과 생김새로 태어나지. 그러니 너는 특별해. 이제부터는 너가 특별한 존재라고 생각하고 하루하루 힘내면서 살아 봐. 그 누구보다 빛난 삶을 살 수 있을 거야."

꿈 키우기 ∨

2학년 5반　#1·66　#같이가치　#긍정

안세은
2022년 12월 31일 오후8:00

꿈 키우기 ∨

수능이 얼마 남지 않은 고등학생들에게 전해 줄 말은 "지금까지 포기하고 싶은 날도 힘든 날도 많았겠지만 이 수능이라는 시험이 마지막 시험이라고 생각하시고 포기하지 말고, 끝까지 최선을 다하면 좋겠습니다!! 그리고 너무 떨리신다면 이렇게 생각해 보세요, 우리의 인생은 수능으로 결론 내려지지 않다고요, 지금까지 고생했는데 수능 못 치면 어떡하지? 라는 생각을 대부분 하실거예요 하지만 이러한 생각 때문에 우리는 더욱 부담감이 커지기 마련입니다. 우리에게 길은 많습니다. 그러니 너무 떨지 마시고 하던 대로 하세요. 지금까지 달려와준 나에게 수고 많았다고 응원의 한마디를 하며 끝마무리 잘하시길 바랄게요."

표정 32 · 댓글 51

  댓글을 남겨주세요.

꿈 키우기 V

2학년 5반 #1·66 #같이가치 #긍정

이승환
2022년 12월 31일 오후8:00

만약 열심히 노력하여 준비한 중요한 시험에 불합격하여 재시를 준비해야 하는데 준비를 못 하고 있는 친구를 본다면 괜찮냐? 다음에 잘하면 되지 그냥 한번 연습했다 치고 더 열심히 공부해라. 다음에 붙으면 내가 밥 사준다. 떨어지면 니가 사라. 쫄? ㅋ

2학년 5반 #1·66 #같이가치 #긍정

이유림
2022년 12월 31일 오후8:00

최근에 싸운 친구에게 한마디만 한다면 "내가 너를 서운하게 한 게 있으면 정말 미안해. 근데 나도 계속 너가 나한테 서운했던 것만 말하고 내 말은 들을 생각도 안 해서 나도 너한테 서운했었어. 그거에 대해서는 너도 나한테 사과를 해줬으면 좋겠고 나도 정말 미안해. 나 다시 친구로 받아줄 수 있어"라고 친구에게 진심으로 사과를 하고 용서를 구할 것 같다.

꿈 키우기 ∨

2학년 5반 #1·66 #같이가치 #긍정 ▼

이지원
2022년 12월 31일 오후8:00

꿈 키우기 ⋁

오늘 내가 절교한 친구에게 그 친구에 장점을 말한다면 절교한 뒤에 바로 그 친구에게 장점을 말한다는 것은 힘든 일이고 잘 안 될 수도 있지만 그 친구의 장점을 말한다면 이 친구에게는 이러한 좋은 점이 있었다는 것을 생각하며 그 친구의 장점으로 인해서 내가 즐거웠던 순간들을 떠올리면서 친구와 화해할 마음을 아주 조금이라도 그 친구와 다시 좋은 관계를 가질 수 있는 계기가 될 수 있을 것 같고 그 친구와 다시 좋은 관계로 진입할 수도 있지만 아무리 그 친구에 대한 장점을 떠올려도 그 친구의 장점이 떠오르지 않는다면, 아무리 말하려고 해도 토할 것 같아서 못 하겠다면 바로 마음을 접고 그 친구와는 깔끔하게 절교한 뒤에 다른 친구를 만드는 것도 나쁘지 않은 방법인 것 같다.

표정 32 · 댓글 51

  댓글을 남겨주세요.

꿈 키우기 ∨

2학년 5반　#1·66　#같이가치　#긍정　　　▼

정채원
2022년 12월 31일 오후8:00

시험에서 낮은 성적을 받은 친구에게 위로의 한마디 해준다면 "친구야, 오늘따라 기분이 안 좋아 보였는데 그게 최근에 친 시험 성적 때문이었구나. 나도 성적이 저번 시험보다 훨씬 떨어져서 혼자 자책했었어. 그래도 너무 우울해하지 마. 아직 시험을 잘 치는 요령이 없어서 그런 걸 거야. 단순하게 말하면 경험이 없어서 그렇다고 할 수 있겠지. 그러니까 지금은 성적에 너무 연연해하며 목매지 말고 내가 이번 시험 준비를 얼마나 성실히 했는지 같은 과정에 대해서 좀 더 생각해 보면 좋을 것 같아. 앞으로 너가 성적 때문에 얼마나 더 상처받게 될지 모르겠지만 기회는 살면서 이번만 있는 게 아니야. 그니까 내가 하고 싶은 말은 너가 혼자 아파하며 외로움을 느끼지 않았으면 좋겠어. 그런 의미로 나도 시험을 망쳤으니 슬픔을 나누기 위해 우리 맛있는 거나 먹으러 갈까?"

표정 32 · 댓글 51

  댓글을 남겨주세요.

꿈 키우기 ∨

2학년 5반 #1·66 #같이가치 #긍정

정수미
2022년 12월 31일 오후8:00

만약에 내가 부모님이 된다면 나에게 하고 싶은 말은 "어떻게 모든게 계획대로 다 완벽하게 될 수 있을까, 나도 당연히 실수하고 우리 모두 실수하는데, 당연히 실수할 수 있지. 나도 많이 실수해봤고 그만큼 많이 속상해도 봤는데 변하는건 아무것도 없더라고. 원숭이도 나무에서 떨어지잖아. 우리는 원숭이급도 안되는데 자책할 필요가 없지. 그러니까 너무 첫 실수에 얽매여 있지 마. 얼른 정신 차리고 수습하려고 노력해보자. 일단 저질렀으면 해결은 하고 봐야 하는 거니까. 그 과정에서 힘들 때에는 나한테 기대도 괜찮아. 꼭 기억해!"

꿈 키우기 ∨

2학년 5반 #1·66 #같이가치 #긍정

정하윤
2022년 12월 31일 오후8:00

우리에게 아낌없이 주는 나무에게 한 마디를 건 넨다면 "너는 우리들에게 종이, 목재, 과일, 그늘 등을 아낌없이 주잖아. 우린 네가 베푸는 것들로 편하고 풍요롭게 살 수 있는 것 같아. 하지만 너 는 그 많은 것들을 베푸면서 한 번도 생색을 내 본 적이 없었던 것 같아. 자신의 모든 것을 내줄 정도로 베풀면서 아무것도 바라지 않는 사람이 얼마나 있을까? 언제나 네가 베푼 모든 것들을 보고, 만지고, 느낄 때 너의 헌신적이고 너그러 운 마음에 감사하며 살아볼게."

꿈 키우기 ∨

2학년 6반 #1·66 #같이가치 #긍정 ▼

강민주
2022년 12월 31일 오후8:00

용기가 필요한 상황에서 긍정적인 힘을 주는 나만의 말을 만들어 본다면 '모든 사람들은 단점도 있고 장점도 있다. 나에게도 공부를 잘 하지 못한다는 단점이 있다. 하지만 공부를 잘하지 못한다고 행복하지 않은 것은 아니니 장점을 찾아보려고 노력하였다. 자신에게 단점이 뚜렷하게 보인다고 해도 용기를 내서 행동 한다면 장점과 행복이 찾아올 것이다.'

2학년 6반 #1·66 #같이가치 #긍정 ▼

김서준
2022년 12월 31일 오후8:00

시험에서 낮은 성적을 받은 친구의 심기를 거스르지 않고 위로하는 한마디 말이 있다면 "3학년이 남았잖아!! 너무 좌절하지 말고 어차피 시작은 고등학교니까 미리 액땜했다고 생각해. 이제부터라도 열심히 하면 잘할 수 있을 거야 화이팅!"

꿈 키우기 ∨

2학년 6반　#1·66　#같이가치　#긍정　　　▼

김신
2022년 12월 31일 오후8:00

과거의 추억 속으로 여행 갈 기회가 하나 생긴다면 어렸을 때로 돌아가 지금은 마주치기만 해도 싸우는 누나와 같이 장난도 치고 행복했던 추억을 다시 겪고 싶다.

꿈 키우기 ∨

2학년 6반 #1·66 #같이가치 #긍정 ▼

안혜은
2022년 12월 31일 오후8:00

어떤 선택을 하던 미루지 않는다면 내가 공부 계획을 세우고 그 계획을 미루지 않고 공부한다면 나중에 공부가 끝나고 편안한 마음으로 놀면서 계획대로 잘 공부한 내가 뿌듯할 것이다.

꿈 키우기 ∨

2학년 6반 #1·66 #같이가치 #긍정 ▼

오지윤
2022년 12월 31일 오후8:00

수행평가를 끝내고 뒤돌면 시험, 시험 치고 나면 다시 또 수행평가 이런 고난 속 포기하지 않고 열심히 살아온 나에게 해주고 싶은 말이 있다면 "국어 수행평가 과제인 진로 저널과 문학작품 재구성 영상을 해결하고자 밤을 새워가며 끝마치느라 힘들었겠지만 포기하지 않고 열심히 수행평가 과제를 해결해서 좋은 결과를 받은 것에 대해 수고했고 고마워 라고 말할 것이다."

꿈 키우기 ∨

2학년 6반 #1·66 #같이가치 #긍정 ▼

이근우
2022년 12월 31일 오후8:00

하늘 볼 시간도 없이 휴대폰만 보며 걸어가는 당신에게 해줄 수 있는 한마디 "나는 노을이 질 때 하늘이 붉게 물들여져서 좋아해. 너 오늘 하늘이 어떤지는 아니? 너무 휴대폰만 하지 말고 하늘이 예쁘니까 하늘도 봐줘! 구름도 있고, 마침 지금 하늘도 예쁘게 주황색으로 노을이 지고 있네. 앞으로 매일 변하는 예쁜 하늘에도 관심 가져줘!"

꿈 키우기 ∨

2학년 6반   #1·66   #같이가치   #긍정   ▼

이서현
2022년 12월 31일 오후8:00

지금 하는 말을 가장 힘들 때 있는 사람에게 전할 수 있다면 "먹구름이 개면 맑은 구름이 온다는 말처럼 좋은 일이 생길 거야."

꿈 키우기 ∨

2학년 6반　#1·66　#같이가치　#긍정

이승헌
2022년 12월 31일 오후8:00

나를 위해서 나에게 필요한 말을 한다면 내가 할 수 있는 일들을 다시 한번 더 잘하고 싶다. 내가 태권도를 잘해서 상장받은 거랑 전국 미술 대회에서 은상을 받은 것 등 다시 한번 더욱더 열심히 할 것이다. 나는 내가 잘 할 수 있다고 믿는다. 나 자신을 노력하고 칭찬하자. 나는 할 수 있다!

임규은
2022년 12월 31일 오후8:00

지금 가장 보고 싶은 우리 할머니께. 추억에 눈물이 겨워서 할머니 뒤뚱뒤뚱, 나도 뒤뚱뒤뚱. 계단 내려가는 것이 자꾸 아쉽고 그리울 거예요. 우리 늙지 말고 굽지 말고 오래오래 살자.

2학년 6반 #1·66 #같이가치 #긍정

정지웅
2022년 12월 31일 오후8:00

시험 점수가 낮게 나온 자식의 모습을 보는 부모님이 있다면 '호호. 너희 아빠 어릴 때를 똑같이 닮았구나, 이 엄마를 닮았으면 전교 1등했을텐데....다음 시험 기대할게~'

꿈 키우기 ∨

2학년 6반 #1·66 #같이가치 #긍정

채승우
2022년 12월 31일 오후8:00

친구나 가족에게 하는 사랑한다는 말을 다르게 표현한다면 '밥 사줄 게 나와'이다. 왜 사랑한다는 말을 왜 저렇게 표현했냐면, 일단 첫 번째로 큰 표현을 안 해도 내 마음을 잘 전달할 수 있는 말이라고 생각했고 두 번째로 만약 그 사람이 힘든 순간이 있을 때 일단 밥을 먹으면 다시 일어날 힘을 얻을 수 있을 것 이라고 생각했기 때문이다. 마지막으로 어떤 것이든지 내가 좋아하는 순간을 같이 하고 싶다는 것은 그 사람을 많이 아낀다는 뜻이기 때문이다.

꿈 키우기 ∨

2학년 6반 #1·66 #같이가치 #긍정 ▼

최서윤
2022년 12월 31일 오후8:00

하루만 잔소리하시는 부모님의 입장에서 살아본다면 일어나서 이불을 정리 안 한 것, 머리를 말리고 머리카락을 치우지 않은 것, 비타민을 제때 안 먹은 것 등 내가 모르고 있었던 나의 이러한 안 좋은 점과 이 행동으로 부모님이 얼마나 힘드시고 상처받았는지 알 수 있을 것이다. 또 잔소리를 하는 만큼 부모님이 나를 얼마나 소중하게 생각했고 걱정했는지 깨닫고 부모님을 더 사랑하게 될 것이고 부모님이 잔소리하실 때마다 나를 얼마나 사랑하고 있었는지 느낄 수 있을 것이다.

꿈 키우기 V

2학년 6반 #1·66 #같이가치 #긍정 ▼

최은우
2022년 12월 31일 오후8:00

오늘도 힘들게 일하신 부모님께 한마디 한다면 오늘도 열심히 일하고 돌아오셨으니 후딱 주무세요 설거지는 제가 하도록 하겠습니다^^^^^

꿈 키우기 ∨

2학년 6반 #1·66 #같이가치 #긍정 ▼

하주영
2022년 12월 31일 오후8:00

내가 한 욕설을 내 동생(가족)이 배워서 비슷한 상황에서 나에게 욕설을 한다면 처음에 화나고 욱할 것이다. 만약 좀 심한 욕일 경우 그 정도까지 할 건 아닌데 라고 생각할 것 같다. 하지만 내가 전에 비슷한 욕설을 사용했다는 것을 깨닫게 된다면 나의 행동을 동생이 보고 배워서 따라 했다는 생각이 날 것이기에 부끄럽고 부모님께 죄송할 것 같다.

꿈 키우기 ⋁

2학년 6반 #1·66 #같이가치 #긍정

홍은비
2022년 12월 31일 오후8:00

결국 실패했지만 많은 노력을 한 나 자신을
바라보며 고생했던 나를 위해 해줄 말이 있
다면, 평소에 자주 나서지도 않던 사람이
정말 열심히 했네. 수고 많았어. 속상하고
화나기도 하지만 어쩌겠어, 이미 끝난 일이
잖아. 실패는 도전했다는 증거로 남을 거야.
그러니까 너무 미련 갖지 말고 '힐링' 들으면
서 그냥 쉬어. 노래 가사 생각하면서 들으면
제목처럼 힐링 될 거야. 라고 할 것이다.

14:42

1학년 친구들의 유쾌발랄 시집 ∨

열넷, 그해 우리는 〉

비공개 · 멤버 37

공지사항 5 〉

 팔공중학교 1학년 시인 12월 31일

진짜 '나'와의 만남

소소한 나의 모습 발견

나는 오늘도 맑음

쓰담쓰담 & 토닥토닥

#시험 #꿈 #가족 #친구 #학교 #음식

꿈 펼치기 ∨

시집 #1·66 #같이가치 #긍정

김승아
2022년 12월 31일 오후8:00

좋은 친구

나에겐 나를 항상
챙겨주는 친구가 있다
그 친구는 내가 불규칙적으로
생활한다는 것을
가장 먼저 알고
나를 도와주었다
우린 좋은 친구다

친구 사이!

시집 #1·66 #같이가치 #긍정

이가영
2022년 12월 31일 오후8:00

활력소

학교는 나에게 활력소이다
집에 있으면 누워서 폰만 하지만
학교에 가면 친구들과 이야기도 하고 여러
활동을 하면서 학교에 오면
힘을 얻기 때문이다
새싹이 맨 처음에는 비록 작고
약하지만 힘을 받고 자라면서 커지고
튼튼해지는 것처럼 나도 학교에
처음 왔을 때는 작고 어렸지만
지금은 크고 튼튼해졌다

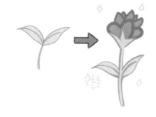

꿈 펼치기 ∨

시집 #1·66 #같이가치 #긍정 ▼

신지호
2022년 12월 31일 오후8:00

많은 추억이 있는 여름
바다가 모랫물과 함께
나에게 다가온다
낙엽이 여름한테 다가온다
이런 추억
가을이 가위로 여름을 자른다
여름이 잘렸다
하지만 추억은 잘리지 않는다

꿈 펼치기 ∨

시집 #1·66 #같이가치 #긍정 ▼

전유담
2022년 12월 31일 오후8:00

갈림길

세상엔 여러 갈래의 길이 있어
우리는 항상 그 앞에 서 있지
언젠간 선택해야 하고 나아가야 하는 길 앞에
저 너머에 뾰족뾰족한 가시밭길이 있을지 몰라
저 건너에 넓고 깊은 강이 있을지 몰라
무엇이 있을지 아무도 모르지
걱정하지 마 우리는 언제나 잘 할 거야
걱정하지 마 우리는 할 수 있어
어떻게든 방법을 찾을 거야
우리는 두꺼운 신발을 신으면 돼
구명조끼를 입으면 돼
우리는 언제나 나아갈 수 있어

꿈 펼치기 ∨

시집 #1·66 #같이가치 #긍정

정효은
2022년 12월 31일 오후8:00

가을 만들기

초록색이었던 나뭇잎을
갈색과 노란색, 빨간색으로 색칠해 보자
저 산은 빨간색, 이 산은 노란색
하얗던 하늘을 파랗게 물들이고
더위를 가져가자
시원한 바람을 주고 감성을 주고
사랑도 주자
가을을 만들자

14:42

열넷, 그해 우리는

꿈 펼치기 V

시집 #1·66 #같이가치 #긍정

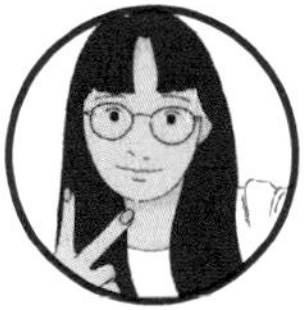

이시유

2022년 12월 31일 오후8:00

백지 뒤적이기

이미 다 써버린 듯한 나의 머리
글자 하나 찾아보려고 뒤적인다
순간 들려오는 종소리
순간 없던 병이 생겨난 듯
손이 떨리고
시계가 나를 잡아먹으려는 것처럼 달려온다
할 수 있다고, 아직 시간이 남았다고
진정시키려고 하지만
들리지도 않던 시계 소리가
나의 머리를 뒤집어 놔
어떠한 명령도 인식하지 못한다

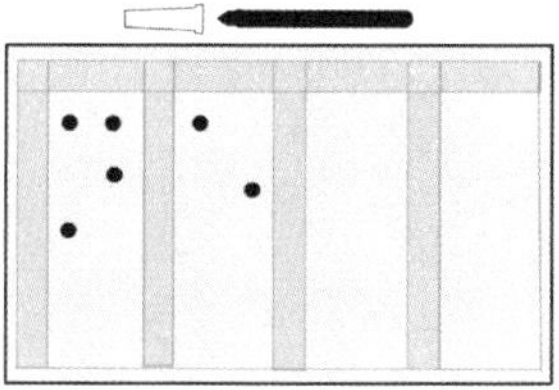

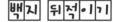

꿈 펼치기 ∨

시집 #1·66 #같이가치 #긍정 ▼

양소율
2022년 12월 31일 오후8:00

겨울 종소리

종소리가

눈송이 사이로

소복소복 묻어서 내린다

뛰어놀던

아가의 머리카락에

꿈 펼치기 ∨

썰매 타는 아이들의 빠알간 볼에

흘러내리는 종소리

눈을 퍼 담아내고 있는

아저씨의 삽 위에

눈과 함께 쌓이는 종소리

눈과 함께 내리다가

나뭇가지에 걸려

반짝반짝

빛나는 종소리

표정 32 · 댓글 51

 댓글을 남겨주세요.

시집 #1·66 #같이가치 #긍정

장유정
2022년 12월 31일 오후8:00

마녀의 요리교실

딱딱히 뭉쳐있는 머리카락 같은 라면을
물로 풀어서 다른 그릇에 마법의 가루를 풀고
슥슥 저으면서 뭉쳐져 있는 머리카락이 들어있는
세숫대야에 마법의 가루를 풀면
파마한 머리처럼 아름다워지는 라면

꿈 펼치기 ∨

시집 #1·66 #같이가치 #긍정

엄주아
2022년 12월 31일 오후8:00

알지 못한 우리 사이

복도에서 꽈당 하고 넘어져 버렸다
겨우겨우 몸을 일으키려던 순간
내 절친이 그냥 지나가버렸다
어제까지만 해도 신나게 놀던
내 절친이 지나가버렸다
내 머리가 새하얗게 변해버렸다
우리는 무슨 사이였던 걸까?

꿈 펼치기 ∨

시집 #1·66 #같이가치 #긍정 ▼

조하람
2022년 12월 31일 오후8:00

어서 와, 중학교는 처음이지?

중학교란 지옥이기도 하고 천국이기도 하다. 학교에선 원하는 것을 모두 할 수 없다. 핸드폰 하기, 간식 먹기, 사복 입기 등원하는 것을 할 수 없고 오로지 공부하고, 시험 치

꿈 펼치기 ∨

고.. 밥도 정해진 시간에 먹고, 핸드폰도 학교가 끝난 후 사용할 수 있는 감옥 같은 생활을 한다. 학교의 규칙을 어기면 뚜껑이 열려 화난 선생님께 혼나고 벌점을 먹고 청소를 한다. 하지만 반대로 천국 같은 좋은 점도 있다. 새로운 친구와 함께 얘기할 수 있고, 많은 친구들과 사귈 수 있다. 체육시간엔 한 번도 하지 못한 색다른 활동을 할 수 있고, 아침에 옷을 고르느라 늦을 일이 없는 교복이란 것도 입는다. 중학교란 참 지옥과 천국인 것 같다.

표정 32 · 댓글 51

  댓글을 남겨주세요.

꿈 펼치기 ∨

시집 #1·66 #같이가치 #긍정

전영언
2022년 12월 31일 오후8:00

침대

학교는 침대이다

피곤하면 잠이 오고

목소리는 자장가 같다

학교는 침대같이 편안하고 안정되는 것 같다

꿈 펼치기 ∨

시집 #1·66 #같이가치 #긍정

김민서
2022년 12월 31일 오후8:00

힘센 바람이 불고

커다란 태풍이 불어도

열심히 버티는 것이

가장 단단하고 멋진 꽃이니까

거친 비가 와도

폭풍 같은 눈이 와도

그만큼의 고된 역경을 이겨내는 것이

가장 예쁜 꽃이니까

꿈 펼치기 ∨

시집 #1·66 #같이가치 #긍정 ▼

양하은
2022년 12월 31일 오후8:00

학교라는 들판

우리 학교는 들판이다
물을 주시는 선생님과
햇빛을 비춰주는 친구들 덕에
우리라는 씨가 심어져 있는 들판에는
언젠가 무조건 꽃이 필 것이기 때문이다

꿈 펼치기 ∨

시집 #1·66 #같이가치 #긍정

이은서
2022년 12월 31일 오후8:00

종이 한 장

이 종이 한 장이 뭐라고
우린 1~2달 동안 빛 한줄기 없는
캄캄한 동굴 속에 갇혀있을까?
이 종이 한 장이 뭐라고
우리의 미래를 결정할까?
이 종이 한 장으로 인해 우리는
걱정과 두려움에 싸여 있다.
하지만 걱정과 두려움을 이겨내고
단군신화에 나온 곰처럼 굳은 마음을 가지고
한 번만 참아내며 한 발씩 앞으로 나간다면
그까짓 거 종이 한 장쯤은 잘 이겨낼 수 있을까?

꿈 펼치기 ∨

시집 #1·66 #같이가치 #긍정

강영서
2022년 12월 31일 오후8:00

가뭄 속에서

학교에 가면 날 반겨주는 친구들
우리 반 친구들은 각각 특징이 다양하다
활발하고 유쾌한 친구, 모범적인 친구,
시끄러운 친구, 이상한 친구 등
각각 특징은 다양하지만
즐거움이란 감정으로 하나가 된다
가뭄 속 단비처럼
재미없고 지루한 나의 학교생활에
단비가 되어 내려주는 나의 친구들

꿈 펼치기 ∨

시집 #1·66 #같이가치 #긍정 ▼

김미주
2022년 12월 31일 오후8:00

구름이 옐어뜨린 선물

비가 오는 날이면
가끔은 비가 되고 싶다
누군가에겐 행복을 주고
누군가에겐 독창적인 음악가가 되고
나에겐 한 폭의 그림이 되어주는
오늘도 구름은
나에게 희망이란 빗방울을 떨어뜨린다

❮ 열넷, 그해 우리는 🔍

꿈 펼치기 ∨

[시집] #1·66 #같이가치 #긍정 ▼

 김예린
2022년 12월 31일 오후8:00

별을 따고 싶었다

저기 저 먼 곳

반짝이는 저 별을

그 반짝임을 따라서

긴 사다리 올라간다

꿈 펼치기 V

멀고 긴 길 따라

아직에 너무 멀다

하기에 별이 밝다

어린 왕자가 말했듯

별은 바라만 보아도,

손이 닿지 못해도,

반짝이는 거라고

이미 별은 날 비춘다고

오늘도 사다리 위에,

그 반짝임 손에 닿을 때까지

표정 32 · 댓글 51

  댓글을 남겨주세요.

꿈 펼치기 ∨

시집 #1·66 #같이가치 #긍정

박서현
2022년 12월 31일 오후8:00

누구나 학교에 오는 이유가 하나쯤은 있다. 친구나 선생님, 수업 시간, 점심시간, 과학실, 도서관 등 학교에 오는 이유가 없는 사람은 없을 것이다. 당연히 나에게도 이유가 몇 가지 있다. 그중 한 가지는 책이다. 시간이 날 때 틈틈이 읽는 추리 소설. 나는 그 시간이 좋아 오기 싫은 학교에 오늘도 왔고, 내일도 올 것이다. 나는 겨우 추리 소설 한 권을 읽기 위해 학교에 온다. 소소하지만 확실한 행복. 그 시간이 나를 학교에 오게 하는 원동력이다.

꿈 펼치기 ∨

시집 #1·66 #같이가치 #긍정 ▼

도은비
2022년 12월 31일 오후8:00

어릴적 꿈

시장에 놀러 간 6살 꼬마 도은비
꼬마의 할머니는 양말 장사를 했다
손님이 왔고 할머니는 장사를 시작했다
어서 오세요. 여기 거스름돈이요.
이때 꼬마의 눈에 스친 커다란 돈다발
우리 할머니가 세계 최고 부자였어!
꼬마의 꿈은 이날로부터 정해졌다
난 커서 양말 장사를 할 테야

시집 #1·66 #같이가치 #긍정

전예은
2022년 12월 31일 오후8:00

잼민이 시절

학교 마치고 나면 꼭 가는 곳
학교 앞 떡볶이집
호호 불며 먹던 컵 떡볶이
이제는 그리운 맛
학원에 들고 간 피카츄 돈가스
한 입만 달라고 하는 친구들
그렇게 털렸던 내 간식
이제는 그리운 추억

시집   #1·66   #같이가치   #긍정   ▼

윤성준
2022년 12월 31일 오후8:00

빗소리를 귀 기울이면

들리는 실로폰 소리

천둥소리를 귀 기울이면

들리는 짜릿한 북소리

바람 소리를 귀 기울이면

들리는 전통 부채 소리

자연의 리듬에 맞춰

들어보는 OST

갑자기 찾아온 OST에

기분이 매우 좋은 하루

꿈 펼치기 ∨

`시집` `#1·66` `#같이가치` `#긍정` ▼

강소이
2022년 12월 31일 오후8:00

우리는 어디까지 가야 할까?

꿈들은 마치 하늘 위에 떠있는

새하얀 구름과 같다

먹구름이 가득한 날이 있을 때도

구름 한 점 없이 파란 하늘이 있을 때도

구름을 위해서

우리는 매일 달려갔다

그런데 우리는 어디까지 달려가는 걸까

우리는 어디까지 가야 할까?

꿈 펼치기 ∨

시집 #1·66 #같이가치 #긍정 ▼

김무진
2022년 12월 31일 오후8:00

1Km를 움직이는 자동차

새로운 하루를

시작하는 시동이 걸리면

오늘도 달려간다

나의 꿈을 향해서

때론 사고 나고

때론 고장 나도

해가 뜨면 달려가지

눈부신 미래로 1Km씩

꿈 펼치기 ∨

시집 #1·66 #같이가치 #긍정 ▼

방수호
2022년 12월 31일 오후8:00

무언갈 베었다

종이가 삭 하는 소리와 함께 나를 베었다

손가락에서 피가 물 흐르듯 나온다

무언갈 꿰맸다

망치 소리와 함께 바늘이 나의 손톱을 관통한다

바늘이 내 손을 삭 하고 지나간다

무언가 후회된다

무언갈 상처를 주고 사과를 하여도

무언갈 상처를 준 시간은 땅을 치고 후회하여도

다신 돌아오지 않는다

꿈 펼치기 ∨

시집   #1·66   #같이가치   #긍정

최민진
2022년 12월 31일 오후8:00

빙수

냠냠 달콤하고 맛있는 빙수
입에 넣으면 내 마음처럼
녹아내리는 빙수
많이 먹으면 머리가 띵
그래도 맛있다~

꿈 펼치기 ∨

시집 #1·66 #같이가치 #긍정 ▼

김민서
2022년 12월 31일 오후8:00

떡볶이

내가 엄마랑 싸우고 짜증 날 때,

엽떡을 먹으면 기분이 풀린다

땀이 날 정도로 매운 소스와

여러 가지 종류의 재료가 함께 어우러져

완벽한 떡볶이가 된다

꿈 펼치기 V

시집   #1·66   #같이가치   #긍정   ▼

도성빈
2022년 12월 31일 오후8:00

첫눈이 내린다

첫눈을 남자들이랑 봤다

어휴

첫눈을 이런 애들이랑 보다니

신은 날 버렸나 보다

이번 겨울은 재수가 없을 예정이다

어휴

그냥 눈이나 더 왔으면

꿈 펼치기 ∨

시집 #1·66 #같이가치 #긍정

김온유
2022년 12월 31일 오후8:00

우리 사이는 미래를 기대해

자매는 커갈수록 돈독해진대

정말 우리도 그럴까

6살 동생과 9살 언니의 싸움 후

우는 것은 당연히 언니

미안한 마음은 없어

동생을 못 이기는 언니가 한심할 뿐

자매는 커갈수록 돈독해진대

정말 우리도 그렇네

14살 동생과 17살 언니의 싸움 후

우는 것은 이제 나

언니가 이런 기분이었을까

꿈 펼치기 ∨

미안한 마음뿐

내가 언니한테 까불지 않았더라면

지금 우리 사이는 더 돈독했을까

싸움이 아니라 지능으로

말이 아니라 분위기로

이제는 이길 수 없는 언니

언니가 싫었던 건 아니었어

그냥 작은 투정이었을 뿐

이제는 마냥 따라 하고 싶고

붙고 싶고, 대화하고 싶은 마음

이제는 말할 수 있어

자랑스러운 첫째

자신을 위해 노력하는 고등학생

내 언니가 되어주어 고마워

표정 32 · 댓글 51

  댓글을 남겨주세요.

꿈 펼치기 ∨

시집 #1·66 #같이가치 #긍정

권해인
2022년 12월 31일 오후8:00

엄마 아들

오랑우탄 같은 오빠

맨날 내 바나나를 가져간다

침팬지 같은 오빠

공부는 잘해서 분하다

고릴라 같은 오빠

복싱을 배워 나를 때린다

드디어 군대라는 동물원에 들어갔다

가서 부디 사람 돼서 와라

꿈 펼치기 ∨

[시집] #1·66 #같이가치 #긍정 ▼

김영광
2022년 12월 31일 오후8:00

피자의 둘레

이 음식은 피자입니다

이 피자의 모양은 원이죠

이 피자는 맛있습니다

이때 이 피자의 반지름은

6cm입니다

이 피자의 반지름을 이용하여

원주를 구하시오

(단 원주를 구할 때 피자의 맛은 생각하지 않습니다)

왜냐고요? 맛을 생각 못 할 정도로 맛있거든요

꿈 펼치기 ∨

시집 #1·66 #같이가치 #긍정

김인경
2022년 12월 31일 오후8:00

내 기분도 달콤

내 입안을 녹여주는 생크림

내 기분도 녹여주는 생크림

새콤한 딸기와 감미로운 생크림

한 조각에 있는 여러 딸기 조각들

행복한 기분 속의 더 행복한 감정들

먹으면 계속 행복하게 만드는 그것

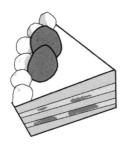

꿈 펼치기 ∨

시집 #1·66 #같이가치 #긍정 ▼

권성민
2022년 12월 31일 오후8:00

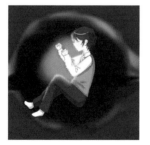

블랙홀

내 꿈은 멀까

한 번 찾아보자

내 꿈은 블랙홀 안에 있지만

블랙홀에서 끄집어 내서 찾자

꿈 펼치기 ∨

[시집] [#1·66] [#같이가치] [#긍정]

박건우
2022년 12월 31일 오후8:00

진로에서 살아남기

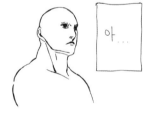

군대에선 피아니스트에게

피아노를 옮기라고 한다

학원에선 연필 정리를 시킨다고 한다

우리의 진로는 왜

상상과 달라져버리는 걸까

내가 생각하기에 진로는 바람과 같다

꿈 펼치기 ∨

항상 형태는 변하지만

어떤 모양인지는 모르는

그런 어디서 왔는지 모르는 바람과 같다

바람에 대비하지 않으면

집이 다 쓸려 날아갈 것이다

바람이 어떤 것 인지만 알고 대비하지 않는다면

애초에 알 필요도 없을 것이다

너의 진로가 핑크 핑크 하다고 생각하지 마라

너의 바람은 산들바람이 아닌 태풍일 것이다

한번 생존해 보아라. 바람 속에서, 진로 열풍 속에서

표정 32 · 댓글 51

  댓글을 남겨주세요.

시집 #1·66 #같이가치 #긍정 ▼

구나은
2022년 12월 31일 오후8:00

마라탕은 맛있쪄

마라 마라 마라탕

마라탕은 맛있쪄

가지각색으로 내 취향 대로

난 맵찔이어서 맑은 탕을 먹는다

언니는 그냥 곰탕을 먹으라고 뭐라 한다

맛있는데 담백하고 구수하고

꿈 펼치기 ∨

중국 당면 호로록

흰목이버섯 맛있쪄

숙주 아삭 아삭

팽이버섯 아작 아작

꿔바로우도 맛있어 쫀득 쫀득

새콤달콤 아이 맛있쪄

너무 비싼 마라탕

아 배고파

표정 32 · 댓글 51

  댓글을 남겨주세요.

시집 #1·66 #같이가치 #긍정

홍지훈
2022년 12월 31일 오후8:00

계란말이는 뭘까

계란말이는 프라이팬에 팬케이크처럼 넓게 붓는다

그리고 돌돌 말아서 자른다

한입 먹어보면 카스텔라 같은 식감과 건강한 맛

먹어보면 점점 빠져드는 것이 블랙홀 같다

꿈 펼치기 ∨

시집 #1·66 #같이가치 #긍정

최준혁
2022년 12월 31일 오후8:00

내 진정한 꿈

핸드폰만 하지 말고 공부해라

대학은 가야 한다

내 꿈을 찾기 위해 해야 할 것이

이것이 맞을까?

하고 싶은 것을 하라고 하는데

주변에서는 강요한다

꼭 공부해서 돈 벌라고

내 진정한 꿈이 무엇인가

나는 폰 안에서 꿈을 찾고 있었다

현실에서 꿈은 어떻게 찾을까?

꿈 펼치기 ∨

시집 #1·66 #같이가치 #긍정

안서현
2022년 12월 31일 오후8:00

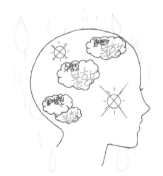

왜 항상

나는 전생에 무슨 죄를 지었을까?

혹시 비가 오는 날씨가

나에게 저주를 걸었을까?

놀이공원을 갈 때도,

콘서트를 보러 갈 때도,

수영장을 갈 때도,

꿈 펼치기 ∨

항상 나에게만

나에게만 왜 그럴까

비가 오는 날씨를 좋아했던 나는

이제 비를 불행하게 여기는 나로 바뀌었고

그렇게 내 기억 속에는 불행한 날들만이 채워진다

차라리 저 비와 함께 내 우울한 마음만이라도 씻겨 내려가길

표정 32 · 댓글 51

 댓글을 남겨주세요.

편집위원들의 소감 ⌄

사춘기들의 느낌표 ›
비공개 · 멤버 5

공지사항   5 ›

 1·66은 나에게   12월 31일

긍정생각 귀차니즘 극복
마음에 고래 한 마리
좋아요 & ♥ & 응원 댓글
나...그리고 세상을 바꾸는...

● ● ●

생각 더하기 ∨

소감 #1·66 #같이가치 #긍정 ▼

정진하
2022년 12월 31일 오후8:00

챌린지를 하면서 모두의 생각이 더해져 글이 완성되는 과정은 우리가 하나임을 느끼게 했다. 힘든 감정으로 지칠 때 친구들의 글을 읽고 작은 힘을 받았으며, 무기력하던 친구들도 꾸준히 참여하는 과정에서 긍정적인 생각을 하게 된 것 같다. 앞으로 나의 바람은 '나를 아프게 하는 일이 생기더라도 긍정적인 마인드로 일어서서 선한 영향력을 전하는 것'이다.

생각 더하기 V

소감   #1·66   #같이가치   #긍정

장민주
2022년 12월 31일 오후8:00

챌린지에 참여하여 글을 쓸 때 친구들이 늘 '좋아요'와 같은 다채
로운 이모티콘을 달아 격려해주었기에 나 혼자 글을 쓰고 있다기보
다는 여럿이, 함께 하고 있다는 느낌이 들었다. 이것이 우리 모두
가 100일간 꾸준히 참여할 수 있었던 힘이 되었던 것 같다.

생각 더하기 ∨

소감 #1·66 #같이가치 #긍정 ▼

정수미
2022년 12월 31일 오후8:00

글을 잘 안 쓰는 친구에게 귀여운 프로필을 그려주면서 그 친구의 글 쓰는 빈도가 늘어나서 보람을 느꼈고 나의 글을 읽고 용기와 감동을 받은 친구들이 꽤 많은 것을 보면서 선한 영향력을 펼치기 위해서는 상대에 대한 믿음과 존중, 그리고 고마움과 베풂을 아는 것이 중요하다는 생각을 했다. 앞으로 이런 기회가 없더라도 나 스스로에게 이런 멋진 말들을 들려주고 싶다.

생각 더하기 ∨   ≡

소감   #1·66   #같이가치   #긍정   ▼

박시하

2022년 12월 31일 오후8:00

자신의 글만이 아니라, 다른 친구들의 생각에도 관심을 가져주는 모습에서 우리가 함께임을 느꼈다. 소수의 친구들에게까지 관심을 가져주는 친구들이 있었기에 100일이라는 긴 시간 동안 모두가 소외되지 않고 참여할 수 있었다고 생각한다. 한 친구에게 "매번 글 올려주고 수고가 많네. 고마워."라는 말을 들은 적이 있었는데, 마음이 따뜻해지는 기분이 들었다. 모두가 이렇게 매일 글을 쓴다는 것이 결코 쉽지 않은 일인데, 지금까지 달려와 줘서 고맙고 대단하다고 말해주고 싶다. 서로의 생각에 관심을 가지고 서로를 기분 좋게 만든 활동이었고 앞으로도 내가 쓴 글처럼 따뜻한 선행을 실천해나갈 수 있는 사람이 되고 싶다. 마음에 고래 한 마리 품고 살자!

생각 더하기 ∨

소감 #1·66 #같이가치 #긍정

임규은
2022년 12월 31일 오후8:00

'지금 내가 정말 듣고 싶은 말이 있다면?'의 댓글로 '너랑 있으면 편해'라는 문장을 작성했었다. 이에 소영이는 댓글로 '규은아~ 너랑 있으면 편해. 진심으로' 라고 해주었고 내가 적었던 문장 그대로, 진심으로 듣고싶은 말을 접하게 되니 기분이 무척이나 좋았다. 그 이후 나도 댓글을 달기 시작했었는데 서로가 좋은 영향을 주고 받는다는 게 이런 것이구나 생각했다. 친구들도 원래 알던 모습과 사뭇 다르게 모두가 진지하게 참여하는 모습에 나도 괜히 뿌듯한 생각이 들었고 앞으로는 내가 챌린지에서 다짐한 바를 실천하는 모습을 보이도록 하겠다.

에필로그

크리스마스인 오늘, 2022년 100일간의 소소한 이야기들을 갈무리하며 며칠 전 소담스레 내린 눈에 꼬마들마냥 설레어하던 모든 친구들에게 진심어린 감사를 전하고 싶습니다. 잊지않고 밴드에 매일 아침 문장을 올려준 12명의 학급 반장들, 친구의 문장에 하트와 댓글로 서로를 응원하고 격려해준 250명의 전교생, 맞춤법과 띄어쓰기 교정작업에 함께해준 우리 도우미

1학년 ▼

조윤하　강소이　신지민　강예인　이은우　정유정　황신혜

신지호　이채원　지수현 선생님　김예린　전수빈　박은서

312

친구들, 전학을 가서도 누구보다 열심히 참여해 우수 멤버로 선정된 오** 친구, 누구보다 영혼을 담아 출판작업에 함께 해준 30명의 편집위원 친구들에게 진심어린 감사를 전하며 너희들과 함께 한 2022는 참 따뜻했다고 전하고 싶습니다.

2학년

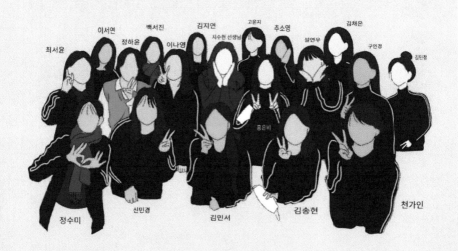

최서윤 이서연 정하윤 백서진 이나영 김지연 지수현 선생님 고윤지 추소영 설연우 김채은 구민경 김민정

정수미 신민경 홍은비 김인서 김송현 천가인

사춘기에게 던지는 물음표

ⓒ 대구광역시교육청

초판 1쇄 인쇄	2023년 2월 15일
초판 1쇄 발행	2023년 2월 15일
엮은이	지수현
지은이	팔공중학교 217명의 학생들
펴낸곳	여행자의 책
책임편집	박주연
디자인	전은경, 임수진
주소	대구 동구 불로동 1000-51
전화	053-219-8080
이메일	2198080@naver.com